RÉINVENTER LES AURORES

DU MÊME AUTEUR

Gardien de mes frères : Jacob Kaplan, Pro-Arte, 2005.

Être juif et français. Jacob Kaplan, le rabbin de la République, Éditions Privé, 2006.

À corps et à Toi, Actes Sud, 2006.

La Kabbale pour débutants, Trajectoire, 2007.

Bioéthique : l'homme démultiplié. Une réflexion juive sur l'humanité à venir, Oxus, 2009.

Paroles d'alliance (avec le pasteur François Clavairoly), F. Bourin, 2010.

Éthique et action publique (préface de Bernard Debré), ISMaPP, 2011.

Les Enfants d'Abraham. Un chrétien, un juif et un musulman dialoguent (avec Alain de La Morandais et Malek Chebel), Presses de la Renaissance, 2011.

Miséricorde est son nom. Dialogue (avec le cardinal Philippe Barbarin), Éditions Emmanuel/Amitié judéo-chrétienne de France, 2017.

Direction d'ouvrage

Nostra aetate. 1965-2015 : le temps de la fraternité (avec Bernard-Nicolas Aubertin et Paul Lévy), Éditions Transmettre, 2017.

Haïm Korsia

Réinventer les aurores

Fayard

Couverture : Le Petit Atelier
Illustration : Pierre Soulages, *Peinture*, 100 × 100 cm, 20 février 2011.

ISBN : 978-2-213-71300-7
Dépôt légal : février 2020

« Jamais les crépuscules ne vaincront les aurores
Étonnons-nous des soirs mais vivons les matins. »

Guillaume Apollinaire

Il y a de cela peu de temps, j'eus l'immense privilège de visiter avec ma femme Stéphanie l'atelier de Pierre Soulages à Sète. Un 1er novembre, à quelques dizaines de mètres du cimetière marin de Paul Valéry, à quelques encablures de la mer qui nous rappelle toujours à l'essentiel au gré de l'écume, nous passâmes des heures inoubliables en compagnie du peintre et de son épouse. Après le déjeuner, il recourut à l'aide de son assistant, Mohammed, pour nous montrer quelques toiles. Il fallut les placer, les déplacer, les incliner, encore un peu à droite, à peine un peu plus à gauche… Le Maître guidait le tout, jusqu'à obtenir ce qu'il recherchait : une version de la perfection, dans l'alliance inaltérable du noir, de la matière et de la lumière.

Il suffisait parfois d'un angle léger pour changer la lumière de la toile, pour passer du noir, de l'obscurité, à la lumière, à ce que Pierre Soulages appelle l'outre-noir.

Il suffit parfois d'un angle de vue pour changer de monde, et le monde.

Au-delà du noir, il y a tout ce que le noir recouvre et révèle à la fois : ce qu'il instaure et ce qu'il dénude, ce qu'il avale et ce qu'il démasque. Cet « outre-noir » est le royaume ici-bas de la lumière qu'il faut moins attendre que susciter. Là où nous ne voyons plus rien, s'impose la possibilité de rallumer des flambeaux et des étoiles. Là où nous croyons que l'obscurité va vaincre, s'éveille le désir même de la traverser, de l'embrasser et de la transformer. Et, plutôt, de se laisser transformer par elle, en partant d'un pigment unique, d'un noir intense, d'une surface monochrome, se fiant au travail de la lumière telle que la réfléchit la surface, au jeu des stries, des entailles, des interstices : tous espaces, toutes failles par lesquels s'engouffre l'espérance au cœur du présent, pour le réinventer.

Voici ce que voudrait être ce livre – une ode à l'outre-noir politique, moral et spirituel de l'époque. Toute ma gratitude va donc à Pierre Soulages pour avoir accepté que l'une de ses œuvres accompagne ce cheminement.

Introduction

Réinventer les aurores, c'est retrouver le souffle des premiers matins de la République : s'éveiller et s'émerveiller, lucides mais jamais désespérés. *Réinventer*, c'est-à-dire à la fois réparer le monde, ce que le judaïsme appelle le *Tikoun Olam*, et ne pas renoncer aux *aurores* de l'espérance : tenter de réconcilier la douceur et l'action.

Cette réflexion est le résultat d'une longue fréquentation des textes bibliques et de la littérature, des acteurs de la vie politique et des citoyens de toutes conditions, sans oublier une conversation secrète avec les poètes. Ce n'est pas juste un cri d'alerte, c'est ma conception de la vie et de la politique, en tant qu'elles se rejoignent en leur point de plus grande fragilité, là où il s'agit de ne pas s'habituer à l'insupportable, de ne rien abdiquer sur le possible, et d'affirmer que l'on peut reconstituer, *maille après maille*, le tissu de la société menacée par tout ce qui la délite, de la peur à la haine.

Ma vision ne se veut ni simplement religieuse ni seulement philosophique, mais à proprement parler *poéthique*, c'est-à-dire à la fois poétique et éthique, pour reprendre un terme que les poètes ont souvent utilisé. J'aime ce mot-valise en tant qu'il intègre une vision à la fois spirituelle, esthétique et morale de la vie et de l'acte d'écriture lui-même, mis au service de la vie.

Quant à mon judaïsme, il apparaît ici comme un « avantage collatéral » pour comprendre le monde et y trouver la place des choses. Toute l'idée de la République est d'une certaine manière résumée dans ce concept d'avantage collatéral puisqu'il s'agit de permettre à des personnes différentes, d'horizons et de cultures différents, de participer à une intelligence collective enrichie de toutes ses pépites uniques. Chacun apporte sa spécificité, sa particularité, son trésor et sa sagesse, son génie propre et son altérité, et c'est toute la société qui en bénéficie. C'est ce qui avait fait dire au Premier ministre Manuel Valls, juste après l'attentat contre l'Hyper Cacher de la Porte de Vincennes, que « la France sans les Juifs ne serait plus la France ». Et si je le cite ici, c'est pour bien marquer ce que cette affirmation avait d'exceptionnel, quand nous l'attendions tous – ce qu'a su sentir alors le gouvernement, en faisant preuve d'empathie et de force tranquille à l'heure du drame, à travers les figures si humaines de François Hollande et de Bernard Cazeneuve au chevet des victimes, aux côtés des témoins de ces épouvantables journées de 2015. Oui, il fallait le dire ainsi : « La France sans les Juifs ne serait plus la France », à l'évidence, et nous pouvons ajouter que sans les Catholiques, sans les Protestants, sans les Musulmans, sans les athées ou sans les humanistes, catégories non exhaustives l'une de l'autre, notre pays ne serait plus ce qu'il est non plus. Mon avantage collatéral, ce qu'en tant que citoyen je pose sur la table de la République, c'est ma vision des textes et une espérance active.

Mon éthique est, quant à elle, celle d'un amoureux de la République ; mon propos, celui d'un homme de parole et d'action. Aumônier des armées, rabbin des aviateurs, aimant parler à *celui qui croyait à Dieu* comme à *celui qui n'y croyait pas*, persuadé que l'on doit affronter le réel pour lui survivre, désireux de m'inscrire au cœur de la mêlée plutôt qu'au-dessus d'elle, je ne recule pas devant le seul combat qui vaille pour moi, celui qui vise un monde plus juste et plus ouvert sur l'altérité. Avec les armes dont je dispose – les textes, la spiritualité, la mémoire et, parfois, l'humour –, je refuse la passivité et je crois dans l'impératif d'embrasser notre destin, d'assumer le risque du rêve et de refaire société.

Pourquoi s'enfermer dans une logique ponctuelle qui sera balayée par d'autres vérités et une autre actualité sur nos écrans et dans nos esprits ? Il nous faut à la fois intégrer dans notre réflexion les enjeux politiques du présent et rester conscients des questions intemporelles, c'est-à-dire s'élevant au-dessus des seules circonstances, pour en tirer des leçons générales que le passage du temps ne rende pas caduques ou obsolètes en quelques mois, voire en quelques jours. C'est ce qui nous donnera la possibilité de penser un futur plus serein, et moins bloqué par nos impossibilités du moment.

Un livre reste un repère. Certes, tant de livres sont écrits, mais il importe de poser une pensée qui puisse être ensuite critiquée, améliorée, contestée, utilisée et, finalement, devenir vivante. Je le sais, car je le pratique tous les jours avec la Bible. Le secret du judaïsme est d'avoir adjoint au Texte la Parole. La loi orale vient interpréter le texte, le contextualiser, le rendre toujours contemporain. Et c'est précisément au moment où il semble y avoir un trop-plein de parole partout et sans arrêt, sur nos chaînes d'info et sur nos smartphones, que je fais le choix de proposer cette réflexion. Ce moment de crise morale, politique, sociale, me force à « chercher mes frères », pour reprendre la formule biblique de Joseph (Genèse XXXVII, 16), afin de parler à la société, hommes et femmes, Juifs et non-Juifs, simplement humains. D'autres doivent le faire à leur tour et c'est de cette diversité d'expressions que naîtra un chemin.

Je veux assurer par ce livre qu'il y a un chemin qui tourne le dos au renoncement, qui ose parler d'intelligence et d'allégresse, et même d'enchantement, et que, devant toutes les grandes questions qui se posent aujourd'hui dans notre société, il est possible d'espérer, obligatoire de rêver et salutaire d'échanger pour retrouver notre capacité à inventer de nouveaux possibles.

C'est aussi la raison pour laquelle j'ai pensé ce livre comme un échange dès le départ, comme un pont tendu vers qui ne serait pas immédiatement en accord avec moi. Il est en effet le fruit d'un long entretien mené avec une jeune femme, Adeline Baldacchino, dont le travail, à la fois poétique et biographique, m'a toujours bouleversé. Elle a écrit sur ce magnifique passeur de culture et de tolérance que fut Max-Pol Fouchet, organisant la résistance intellectuelle à Alger pendant la Seconde Guerre mondiale. Elle a retracé le destin romanesque et fulgurant d'August Landmesser, l'homme qui, seul, refusa de saluer les nazis et croisa les bras en signe de défi sur le port de Hambourg en 1936, risquant tout et jusqu'à sa vie. *Celui qui disait non*, à la fois chemin personnel et rencontre avec l'histoire, montre qu'il y a toujours une façon de résister à ce qui nous semble inacceptable.

Énarque et magistrate, Adeline Baldacchino a gardé un sens aigu des réalités aussi bien que de l'émerveillement : de cette confrontation et de nos désaccords parfois persistants sont nées ces réflexions que j'espère fécondes pour tous, puisque nourries du dialogue et des tensions vivifiantes qu'il crée. Elle s'est intéressée ainsi au social, voire à l'intrication du social et du politique, comme dans son dernier livre, *Notre insatiable désir de magie*, où elle réfléchit aux défis qu'implique l'exaspération face au néolibéralisme, et aux moyens de réinventer une société plus juste en faisant appel aux forces de l'imaginaire alliées à celles de la raison.

Contrairement à elle, toutefois, je suis convaincu que le projet de société porté par le président Macron ne trouve pas sa matrice originelle dans le néolibéralisme, mais dans une capacité à additionner les possibles. S'il l'a synthétisé par la formule « en même temps », il ne s'agit pas, je crois, de faire vivre deux contraires en même temps, mais bien d'inventer des solutions d'un bord ou de l'autre, sans exclure une bonne idée, d'où qu'elle vienne. Mais en assumant un choix, car rien n'est pire que de ne pas trancher les choses : le Talmud explique qu'une soupe touillée par deux personnes, je n'ose dire « en même temps », n'est ni chaude ni froide ; elle est tiède… Or, rien de ce qui est tiède, voire tiédasse, ne peut faire rêver.

Vous ne trouverez pas ici le livre d'un Juif pour les Juifs, mais la réflexion que peut offrir un homme porteur de la part juive de la France, s'adressant à l'ensemble de ses concitoyens. Parce que rabbin, on me pose souvent des questions sur ce que veut ou non Dieu, comme si j'étais, selon la jolie formule de mon maître le grand rabbin Chouchena, « le secrétaire du Bon Dieu ». Bien entendu, je ne peux donner de réponse que par les textes et la sagesse du judaïsme, car répondre serait chercher à imposer une doctrine, ma doctrine personnelle en lieu et place de celle de mes interlocuteurs. J'encourage chacun à trouver avant tout la question réelle derrière sa question exprimée, à trouver par lui-même les pistes de ses propres réponses. En fait, c'est la méthode de réflexion talmudique qui incite chacun à être capable de tout discuter, de tout remettre en question, même les vérités qui nous semblent le mieux établies.

Devant tant et tant d'auditoires, juifs et non juifs, j'ai pu percevoir la même attente pour des paroles d'espoir qui se fondent sur nos textes, sur ce que nous sommes censés offrir à la collectivité. Être juif en France, aujourd'hui, donne un point de vue, des devoirs particuliers à l'égard de la République. Nous sommes hypersensibles aux vibrations du pays, aux risques, aux temps qui viennent, car nous avons pu mesurer combien l'affaiblissement du rêve républicain, par exemple à l'époque de l'affaire Dreyfus, pouvait nous coûter, et combien, lorsque la République s'effondrait, comme en 1940, la haine et la catastrophe s'installaient. Mais, même face à ces deux événements, il y a une façon différente de les aborder, oserais-je dire positive.

Emmanuel Levinas raconte que son père, alors en Lituanie, disait à propos de l'affaire Dreyfus qui divisait la France : « Un pays qui se déchire pour sauver l'honneur d'un petit officier juif, c'est un pays où il faut aller habiter. » Ce combat a obligé, *in fine*, tout le pays à faire le choix de la République. Et, pour la Seconde Guerre mondiale, Serge Klarsfeld rappelle toujours que les Justes ont permis de sauver trois quarts de la communauté juive de France. Nous souffrons pour nos 76 000 déportés dont si peu revinrent, mais nous savons que le peuple de France n'est pas resté tout d'indifférence. L'intégration des Juifs de France est une évidence, car jamais il n'y a eu de volonté du judaïsme de s'enfermer dans ses synagogues. Il ne peut y avoir de communautarisme, comme nous le disons aujourd'hui, pour un judaïsme dont la devise de l'instance dirigeante plus que bicentenaire, le Consistoire, est toujours « Religion et Patrie ».

Je suis un militaire. Plus exactement un aviateur, même si j'ai eu le grand honneur de servir toutes les armées en tant qu'aumônier. De cette expérience exceptionnelle, j'ai retenu la nécessité absolue de ne pas fragmenter un groupe humain hors norme. Hors norme, parce qu'il pousse l'engagement jusqu'au bout, parce qu'il est susceptible de porter la force légitime de l'État, parce qu'il le fait en se posant des questions, en acceptant de vivre avec le poids moral d'avoir, plus encore que sa vie à offrir, parfois le devoir de prendre la vie de l'autre. La devise de l'armée de l'air est « Unis pour faire face ». Elle vient de la devise de Guynemer, « Faire face », et a intégré la notion d'unité si chère aux militaires et à la nation. Oui, nous devons être unis pour faire face à tous les défis de notre temps. Mais cette unité n'est certainement pas de l'uniformité, chose la plus sclérosante qui soit. L'expression de la diversité des opinions doit pouvoir faire émerger un Bien commun où chacun accepte qu'une part de sa vérité meure pour faire place à la vérité de l'autre.

C'est cela, le rêve républicain, et je ne l'ai jamais vu autant à l'œuvre que dans les armées.

Or, ce rêve est aujourd'hui menacé par des forces centrifuges, issues du cœur battant de notre société elle-même, privée de boussole et, surtout, rétive à l'espérance qui conditionne pourtant notre capacité à bâtir l'avenir. C'est pourquoi, à l'heure où la crise morale et matérielle semble nous guetter de toutes parts, où certains tentent néanmoins de refaire le monde et refusent de céder au poids des fatalités

– géopolitiques, sociétales, environnementales –, je veux proposer un manifeste contre l'indifférence, un plaidoyer pour la fraternité, une politique de la jubilation et du bonheur retrouvé.

Une époque blessée

Plaidoyer contre les « âmes habituées »

« Il y a quelque chose de pire que d'avoir une mauvaise pensée. C'est d'avoir une pensée toute faite. Il y a quelque chose de pire que d'avoir une mauvaise âme et même de se faire une mauvaise âme. C'est d'avoir une âme toute faite. Il y a quelque chose de pire que d'avoir une âme même perverse. C'est d'avoir une âme habituée. »

Charles Péguy, *Œuvres en prose, 1909-1914*, Gallimard, coll. « Bibliothèque de la Pléiade », 1959, p. 1397

La promesse démocratique

Il n'y a pas plusieurs France, celle des villes et celle des champs, la périphérique et la centrale, celle du haut et celle du bas : il y a la France. Éternelle, car renouvelée, comme le sont les grandes idées qui s'incarnent ; fragile, comme tout ce qui relève de la construction humaine. On sait que les plus grands livres – sauf la Bible, car elle a su être portée par la parole et l'interprétation permanente des rabbins – et les plus grands palais seront eux aussi engloutis par le temps et la démesure. Il nous appartient pourtant de conserver ce qui peut l'être et de nous souvenir de la leçon de Gaston Bachelard, qui fut philosophe de la science et amoureux de la poésie : « Le temps ne dure qu'en inventant[1]. »

1. Dans *L'Intuition de l'instant. Étude sur la* Siloë *de Gaston Roupnel*, Stock, 1932.

Cette France, que nous désirons unie et consciente de sa force, représente l'horizon à atteindre, le but à espérer, et donc à construire. Si nous nous opposons les uns aux autres, nous défaisons notre rêve républicain. Certes, nous devons réfléchir à notre État, mais il y a une grande différence entre faire un constat, puis en tirer un projet de retour à l'espérance, et bloquer la situation en réalité indépassable dès lors que chacun cherche à se faire attribuer une identité de victime, inattaquable et incontestable. Il ne s'agit pas d'ignorer les différences de situation économique ou sociale, les discriminations réelles, les inégalités de chances selon que l'on naît pauvre ou riche, dans une famille cultivée ou analphabète, dans un milieu confortable ou sans cesse menacé par la misère. Cette injustice des destinées existe, la politique ne sert qu'à la récuser. Mais nul ne doit se concevoir comme enfermé à vie, par sa naissance, dans cette lutte des classes ou des identités. Le rêve français ne tient peut-être qu'à cela, qui explique sa bonne fortune universelle et le fait que des hommes et des femmes, à l'autre bout du monde, s'émerveillent encore en se souvenant vaguement de la Révolution française : ce que nous avons voulu avec elle, c'était d'abord contredire les forces mortifères de l'assignation à résidence économique ou identitaire. Qui naissait démuni ou méprisé pourrait grandir matériellement et spirituellement, respecté et plein de l'espoir de transmettre à la génération suivante un peu de cette manne que représente la liberté quand elle s'allie à l'égalité pour produire de la fraternité. Voilà la promesse.

Pourquoi nous semble-t-elle aujourd'hui rompue ? Il y a sans doute bien des éléments d'explication politiques et historiques, mais l'un de ceux auxquels je veux m'attacher nous concerne tous : nous avons oublié que le rêve d'une société heureuse impliquait des efforts collectifs et individuels. L'État ne peut pas tout, car il ne peut que ce que les citoyens sont prêts à faire. Or, l'État, c'est nous – grande leçon révolutionnaire et française s'il en est.

Mais qui, « nous » ?

Lors de la sortie d'Égypte, Pharaon propose à Moïse de laisser partir une partie du peuple, pour l'essentiel les plus actifs, ceux qui travaillent et produisent, et de laisser en Égypte les enfants et les personnes âgées. Mais Moïse refuse, car il veut une histoire avec son passé, parfois glorieux et parfois plus sombre, et avec son futur symbolisé par la promesse de la jeunesse : « Nous partirons avec nos jeunes gens et nos vieillards » (Exode X, 9).

Ce que ces textes nous enseignent aujourd'hui, c'est qu'il ne peut pas y avoir de nation si c'est au détriment des uns ou des autres. C'est ce principe que nous avons mis de côté en considérant que les seuls citoyens éduqués, cultivés, formés, en situation d'emploi valorisant, ayant en un mot « réussi » dans leur vie, à défaut d'avoir réussi leur vie, constituaient la totalité du pays ; que c'était à eux seuls qu'il fallait s'adresser ; qu'eux seuls « comptaient », selon une logique implacablement… comptable.

Par-delà le jeu de mots, l'ironie est justement que « ceux qui ne comptent pas » sont aussi ceux qui savent le mieux compter, puisqu'ils y sont obligés, chaque fin de mois, surtout lorsque cette fin de mois débute le 15 de chaque mois. « Ceux qui ne comptent pas » sont pourtant parfois considérés comme « chanceux », quand ils ont un travail, et l'on préfère ignorer que celui-ci leur donne tout juste de quoi survivre et non pas vivre dignement, c'est-à-dire sereinement. « Ceux qui ne comptent pas » sont les laissés-pour-compte de notre société, ceux dont la politique devrait se préoccuper prioritairement, puisque ce sont eux qui ont le plus besoin d'elle. Le décalage entre l'opulence des uns et le manque criant des autres constituera toujours un scandale indistinctement politique et métaphysique.

Il nous faut faire la différence entre l'accumulation de richesses comme but, qui tourne à vide, et le sens de l'accumulation qui passe par une redistribution juste de ces richesses : d'un côté, l'avidité peut malheureusement devenir le moteur de l'existence ; de l'autre, il s'agit de créer du bien commun. Nous sommes tous, nous qui vivons dans des sociétés occidentales prospères, pris dans d'interminables dilemmes, écartelés entre notre désir de justice et notre appétit de confort. Faut-il se sacrifier pour que d'autres vivent mieux ? Pouvons-nous, au contraire, déléguer la tâche de rendre le monde meilleur à d'autres ? C'est ainsi que nous participons aux élections, en espérant que d'autres feront pour nous des choix justes, et que l'intérêt général primera sur les intérêts particuliers.

Trop de monde compare notre époque à la crise de 1929, trace des parallèles avec les années 1930 ou se réfère à 1968, en un mot : au passé. Cela nous empêche de penser ce moment pour ce qu'il dit, un immense questionnement sur notre société, sur notre modèle, sur notre rapport à l'étranger, au pauvre, au réfugié, sur la violence des impératifs de performance et de rentabilité qui s'exercent sur nous et sur les autres au quotidien, sur le sens de notre existence. Peu importe comment le « gilet jaune » est devenu le point de convergence de tant de questions et de frustrations ; ce qui est certain, c'est que cet objet, dont la finalité est d'« être vu » pour prévenir les accidents, rend justement visible dans la société, tout au moins dans l'esprit de ceux qui le revêtent. C'est la revanche de ceux qui se vivent comme effacés de la photo de notre société. « Nous sommes là », hurlent-ils, et ils méritent d'être entendus. « Nous sommes vos frères en humanité », nous disent-ils.

Mais qui, « nous » ?

À ce stade, il faut reposer la question à nouveaux frais. Car personne, tout au moins dans l'esprit des Gilets jaunes, ne les « représente ». Ils font d'ailleurs tout pour décourager les intrépides qui prétendraient les représenter. Certes, des visages, des voix sont invités sur les plateaux, mais c'est toujours pour mieux dire que personne ne représente personne. Tout notre système politique est bouleversé par ce refus d'être représenté par des députés, des syndicats, des délégués qui, en dehors de maires ou d'élus municipaux trouvant encore à peu près grâce aux yeux des Français, donnent le sentiment de ne représenter qu'eux-mêmes, quand ce n'est pas de jouer contre le peuple.

J'ai toujours considéré que la grande réussite de Moïse fut de construire des strates intermédiaires afin d'organiser le peuple juif. Il ne le fait pas naturellement, car sa tentation est d'être en contact direct avec chacun des Hébreux. Et c'est légitime, car il veut alors rejeter l'organisation pyramidale de l'Égypte et tout ce qu'elle implique d'abandon de responsabilité et de pouvoir d'un groupe humain envers une personne, le Pharaon, dotée de privilèges incommensurables. Si les Hébreux ont refusé leur statut d'esclaves, c'est pour assumer pleinement leur statut d'hommes libres. Moïse est au service de chaque personne. Alors il s'épuise, tout en épuisant le peuple.

C'est le chapitre XVIII de l'Exode, et il est lumineux. Le peuple vient de sortir d'Égypte, la mer Rouge s'est fendue en deux pour le laisser avancer vers son destin, s'est refermée sur l'armée égyptienne et sur la menace d'un retour en esclavage : tout va bien, le peuple se dirige vers le pied du mont Sinaï pour y recevoir les Tables de la Loi. Le beau-père de Moïse, Jethro, rejoint le peuple, et constate que Moïse passe tout son temps à être en prise directe avec le peuple, sans aucun intermédiaire :

> Le lendemain, Moïse s'assit pour rendre la justice au peuple et le peuple se tint debout devant Moïse du matin jusqu'au soir. Le beau-père de Moïse, voyant comme il procédait à l'égard du peuple, lui dit : « Que signifie ta façon d'agir envers ce peuple ? Pourquoi sièges-tu seul et tout le peuple stationne-t-il devant toi du matin au soir ? » Moïse répondit à son beau-père : « C'est que le peuple vient à moi pour consulter le Seigneur. Lorsqu'ils ont une affaire, elle m'est soumise ; alors je tranche entre les parties et je fais connaître les décrets du Seigneur et Ses instructions. » Le beau-père de Moïse lui répliqua : « Le procédé que tu emploies n'est pas bon. Tu succomberas certainement, et toi-même et ce peuple qui t'entoure, car la tâche est trop lourde pour toi, tu ne saurais l'accomplir seul. Écoute ma voix, ce que je veux te conseiller, et

que Dieu te soit en aide ! Représente, toi seul, le peuple vis-à-vis de Dieu, en exposant les litiges au Seigneur. Notifie-leur également les lois et les doctrines, instruis-les de la voie qu'ils ont à suivre et de la conduite qu'ils doivent tenir. Mais, de ton côté, choisis entre tout le peuple des hommes éminents, craignant Dieu, amis de la vérité, ennemis du lucre, et place-les à leur tête comme chefs de mille, chefs de cent, chefs de cinquante et chefs de dix. Ils jugeront le peuple en permanence ; et alors, toute affaire grave, ils te la soumettront, tandis qu'ils décideront eux-mêmes les questions peu importantes. Ils te soulageront ainsi en partageant ton fardeau. Si tu adoptes cette conduite, Dieu te donnera Ses ordres et tu pourras suffire à l'œuvre ; et, de son côté, tout ce peuple se rendra tranquillement où il doit se rendre. » Moïse écouta l'avis de son beau-père et effectua tout ce qu'il avait dit. Il choisit des hommes de mérite entre tout Israël et les créa magistrats du peuple : chefs de mille, chefs de cent, chefs de cinquante et chefs de dix. Ils jugeaient le peuple en permanence ; les cas difficiles, ils les rapportaient à Moïse et les causes simples, ils les décidaient eux-mêmes. (Exode XVIII, 13-26.)

Ce texte est limpide et ne requiert pas de grande interprétation : il importe toujours de disposer de strates intermédiaires, d'hommes et de femmes de mérite capables d'agir à leur échelle. Il y a, même pour Moïse, l'obligation de s'entourer et de transférer une part de sa responsabilité vers des acteurs qui sauront appliquer sa vision, avec la proximité nécessaire à la compréhension des attentes les plus concrètes. La leçon de la parabole s'arrête peut-être là – un dirigeant politique, si talentueux fût-il, n'est pas Moïse, et ce dernier lui-même n'est pas infaillible. Surtout, ces « magistrats du peuple » de l'Exode, choisis par le chef dans la Bible, puisque Moïse est porteur d'un message divin, doivent être autrement désignés dans une République où il ne s'agit plus de « juger le peuple », mais bien d'être à son service. La revendication de démocratie directe et la tenue d'assemblées populaires racontent ce besoin d'une action à hauteur d'hommes, ancrée dans le réel.

Retenons cependant l'essentiel : la vision, qui ouvre un horizon lointain, montre une route et désigne un but, peut être distinguée de l'administration quotidienne, qui doit agir au jour le jour. Étouffée par les urgences quotidiennes, la vision perdrait de son ampleur. Écrasée par une vision omniprésente, l'administration perdrait de son efficacité. À chaque registre, sa mélodie ; à chaque compétence, sa ligne harmonique – la symphonie n'est belle que par la solidarité de l'orchestre, au sein duquel chaque membre combine la double exigence de comprendre la pièce musicale et d'être le maître de son instrument.

Certains Gilets jaunes sont en effet privés de perspectives et surtout d'accès à un monde qu'ils voient sans pouvoir y être invités, mais ce ne sont pas forcément ceux qui sont sur les ronds-points, ou à distance de la ville ou des dominants. Si la transmission est déficiente, ce n'est pas toujours du ressort de l'école. En effet, l'école est parfois bien meilleure dans une petite ville que dans une banlieue dure. Le phénomène de blocage de la transmission est complexe à analyser, et sans doute y a-t-il eu des erreurs dans les dispositifs de formation des maîtres, mais c'est surtout la difficulté croissante à intégrer sans moyens des populations d'origines si différentes, puis à offrir des perspectives à chaque étape, qui a affaibli la capacité à transmettre à tous et à donner à croire en l'ascenseur social pour tous par l'éducation. Le système est en état de faiblesse et, lorsque les citoyens se tournent vers nos responsables politiques, ils veulent une figure qui les comprenne, qui les porte et les élève. La responsabilité confiée par un vote implique aussi aujourd'hui, dans un temps d'*accountability* dans les entreprises, de rendre des comptes régulièrement sur la façon de servir le bien commun, d'agir au mieux.

C'est-à-dire pour tous.

Mais la démocratie est un bien si précieux que la remettre en cause en permanence – ce qu'ont fait nombre de soutiens des Gilets jaunes en exigeant des référendums ou des validations régulières des élections – revient à fracasser tout notre édifice social. Cela revient à rejeter le principe de l'élection qui est la base de la République.

Cela ne doit pas empêcher la revendication de démocratie directe, car ce serait oublier que la démocratie représentative est parfois tout aussi manipulable. Cette demande doit être appréhendée avec sérieux. Il n'est pas certain que le modèle talmudique réponde à la question de fond qu'il faut considérer en face : est-il possible de se passer de chef ? Est-il envisageable de ne pas remplacer le chef par un autre ? Sur ce plan, ne confondons pas le chef spirituel, « celui qui inspire la vision et l'espoir », et le chef politique, celui qui, plus humblement, trace une route possible. Le vrai sujet auquel il faudrait pouvoir répondre est celui du Mal : une démocratie plus directe risque-t-elle d'être soumise aux instincts de la foule ? Comment penser des garde-fous pour l'Homme contre l'Homme ? Ces interrogations traversent toute l'histoire de la démocratie, qu'elle soit directe ou représentative.

Si l'on considère que les changements d'avis du peuple sont des manipulations et que le peuple est dangereux, alors cela pourrait finir aussi par une interdiction de vote… Bref, l'histoire politique de la démocratie n'est pas exclusive de l'appel au peuple, et le modèle politique suisse avec son système de votations le montre bien, même si nous ne sommes pas la Suisse. Trop souvent, on fait revoter les peuples qui ne sont pas d'accord, et on obtient plus ou moins un vote ou une décision conforme à ce que les dirigeants voulaient : l'exemple en France est le vote sur le traité constitutionnel de 2005. Et, même si la volonté d'Europe est évidente, il y avait des raisons de voter non pour dire la volonté d'une autre Europe, sociale et solidaire plutôt que tatillonne et bureaucratique. Ce débat sur le mode de démocratie, plutôt que d'opposer les deux camps, devrait amener à offrir une dose de chaque, représentative et directe, avec un débat sur le dosage.

La promesse du rêve républicain n'est-elle vraiment rompue que par le manque de prise de conscience des efforts à fournir ? Les Français seraient-ils d'impénitents râleurs inaptes à supporter le changement ? Ce peut être l'un des éléments d'explication anthropologique, mais critiquer ainsi une sorte de « paresse du peuple » n'épuise pas le sujet et n'excuse pas le dogmatisme des élites et parfois leur manque d'empathie qui se transforme en tentation de l'autoritarisme.

S'il ne peut être acceptable de critiquer par principe le gain d'argent, il n'est pas convenable de voir un tel décalage entre l'opulence des uns et le manque criant des autres. C'est l'accumulation comme un but qu'il faut critiquer, contre le sens de l'accumulation qui passe par une redistribution juste. Nous devons dépasser, et non pas bannir, la théorie du ruissellement, présupposant que les riches redistribueront et qu'il faut plus de riches pour plus de redistribution. Rien n'interdit d'essayer différemment, c'est-à-dire en offrant des incitations fiscales ou sociales pour pousser à le faire. Si par exemple, porté par une vision de développement, on crée de nouvelles zones commerciales ou urbaines, comment fait-on pour se loger dans ces lieux qui, par définition, coûtent beaucoup plus cher puisqu'il faut les faire sortir de terre ? Comment peut-on, pour aller vivre plus près de son nouveau travail, vendre son ancienne maison sur un marché en chute libre ? Comment s'adapte-t-on à un environnement moderne dénué de tout rapport à la nature ou à l'Histoire ? Comment assume-t-on ses frais de transport dès que l'on veut rejoindre un centre-ville pour y trouver un médecin, un théâtre, un jardin public ? Une âme ?

Ces questions de proximité interdisent de rêver à de lointains horizons sans prendre en considération l'ici et le maintenant. Toute la politique est dans l'art de conjuguer ces deux impératifs de proximité et de projection, de « sur-mesure » et de constance, de respect pour le réel et de volonté farouche d'en faire advenir un autre. Les changements trop fréquents de cap empêchent toute vision de s'accomplir. Mais un cap qui ne varierait jamais ne servirait qu'à foncer dans la tempête : le bon marin sait qu'il y a plusieurs manières d'atteindre l'horizon et qu'il faut parfois contourner l'œil du cyclone – à condition de l'avoir reconnu avant d'être aspiré par lui.

Il y a un apparent paradoxe à ce que le mouvement des Gilets jaunes, qui réclame justement ce retour des strates intermédiaires en accusant le pouvoir d'être trop lointain et trop obsédé par sa vision du long terme pour baisser les yeux et voir leur souffrance du quotidien, soit sans représentants crédibles, sans délégations régionales, sans ligne directrice commune. Il tente en fait désespérément d'inventer un nouveau modèle de représentation, ce que montrent les assemblées d'assemblées et autres grandes réunions de démocratie plus ou moins directe et plus ou moins participative que de multiples groupes ont initiées sur le terrain, comme à Commercy d'abord, à Saint-Nazaire ensuite, à Montpellier plus récemment. Ces tentatives n'aboutissent pas à la structuration d'un mouvement, traversées qu'elles sont par des tensions contradictoires.

Or, c'est tout le génie que l'on peut tirer du modèle de débat du Talmud, où il n'y a pas de « gagnant » à la fin d'une controverse, pas une vision de l'un qui écrase la vérité de l'autre, mais une tension éthique entre des points de vue parfois opposés, qui visent tous à améliorer les choses. C'est faire coexister ces impératifs différents, ces injonctions paradoxales, qui constitue le cœur d'une démocratie, et non pas le fait que 51 % d'un corps électoral votant l'emportent sur les 49 % restants et éliminent tout ce que ces 49 % portent comme vérité – comme si leur parole, leurs espoirs et leurs attentes avaient soudain disparu du paysage politique, relégués dans l'ombre qui les attend jusqu'à la prochaine élection. Car la France, ce sont les 51 % et les 49 %. Tous ensemble.

Le bouleversement du monde

Le projet des grandes social-démocraties réformistes des trente dernières années a consisté à encourager le capitalisme tout en mettant en place des principes censés pondérer sa toute-puissance, organiser une forme de redistribution, combattre l'ultralibéralisme et préserver l'État-providence. Mais cela ne fonctionne plus, car la mondialisation a fait tomber toutes les digues de protection classiques, et la logique économique semble avoir pris le dessus sur toute autre considération. Les présidents des grandes entreprises ont autant de pouvoir, voire plus, que des dirigeants politiques, et il n'est que de voir comment vivent et sont reçus partout dans le monde ces patrons pour comprendre que le véritable pouvoir est entre leurs mains.

Les conséquences, par-delà un entre-soi qui inquiète, souvent dénoncé avec force indignation sans que l'on s'intéresse aux problèmes plus systémiques, sont dramatiques. Il y a d'abord une perte de confiance dans un système qui produit de plus en plus d'inégalités, et la conviction que le vote ne sert plus à rien puisque tout se décide ailleurs. C'est ce qu'incarne l'Europe. De rêve d'un avenir radieux commun, elle est devenue le symbole de la technostructure qui dénie aux peuples leurs droits en leur imposant ce qu'elle sait être leur bien. Malgré eux.

Le vote sur le traité constitutionnel en est l'illustration, tout comme le Brexit que beaucoup voulaient contourner, infirmer, faire revoter… Les peuples s'expriment et nous faisons l'inverse ou nous occultons leur vote en leur ôtant plus, beaucoup plus, qu'une simple décision : nous leur volons l'envie de croire et d'espérer dans le système démocratique. En effet, le principe même de la démocratie n'est pas d'avoir le meilleur dirigeant, mais de convaincre chaque citoyen qu'il est capable, par son action, ses engagements, sa participation, de changer les choses. Si cette promesse est rompue, c'est tout l'édifice du gouvernement qui vacille sur ses fondations. Le véritable enjeu de notre présent, c'est donc la réappropriation par chacun de son pouvoir sur l'action publique : loin de passer par des opérations de communication, ce travail de fond impose d'échapper aux postures, aux discours surplombants, aux annonces surprises, aux petites phrases et aux grands mots. Le théâtre n'est pas la politique et ne suffit pas à faire politique. Une fois sortis de scène, les acteurs et les spectateurs se retrouvent tous égaux devant la preuve par les actes.

Lorsqu'il y a une contestation de la légitimité de Moïse à la tête du peuple hébreu, l'opposant Korah et ses deux cent cinquante acolytes sont engloutis par la terre qui s'ouvre brutalement (Nombres XVI). Le traitement, radical, est censé prouver que Moïse est légitime et qu'il est le chef qu'il faut. Pourtant, l'histoire ne s'arrête pas là : Dieu pousse Moïse et Aaron à montrer à tout le peuple que chaque individu est concerné par la gestion des affaires de ce groupe humain qui croit certes en Dieu, mais qui doit surtout croire en lui, en sa responsabilité à prendre en main son destin.

Moïse est fort, parle à Dieu, comprend tout, mais ne peut pas tout faire seul. La plus grande faiblesse des puissants est d'abord leur solitude. Un chef seul n'est plus un chef, mais un tyran, bientôt renversé ou tout au moins bousculé. La leçon des textes inscrit ce rappel dans la chair de Moïse, à l'endroit où commence l'histoire de l'humanité : dans sa langue. Moïse est en effet victime d'un défaut d'élocution, au point que son frère Aaron est obligé d'« être sa bouche ». Il a donc besoin d'un autre pour parler, pour se faire comprendre. La fonction du langage du plus grand chef de l'histoire était atrophiée… Moïse était comme incapable de se faire comprendre par ceux qui voulaient entendre la parole divine, aussi bien que de savoir ce qu'ils allaient manger le lendemain. Il n'y a donc pas de chef qui tienne sans interprète fidèle de sa pensée, relais de son action, capable de l'accompagner, voire de le contredire et de lui désobéir.

Au surplus, même si Moïse est un guide qui mène son peuple, il se montre impuissant lorsqu'il est seul face aux événements. S'il ordonne à la mer Rouge de s'ouvrir, elle refuse obstinément et ne cédera que lorsqu'un membre du peuple, Nahchon fils d'Aminadav, entrera dans l'eau, entraînant tout le peuple à sa suite. Son pouvoir n'est pas plus grand que celui de Moïse et pourtant il en est le partenaire essentiel, sans lequel rien ne peut advenir : que Moïse croie en Dieu, bénéficie de l'assurance divine, c'est bien normal – l'extraordinaire est ailleurs, dans le fait que le peuple soit convaincu du bien-fondé de l'aventure qu'on lui propose. *Tout le peuple.*

De même, lorsque le peuple d'Israël combat contre ses ennemis, Moïse se trouve sur une hauteur et lève les bras au ciel. Tant que ses bras sont dressés vers le Créateur, le peuple hébreu l'emporte, mais dès que Moïse, épuisé, baisse les bras, le peuple est dominé dans le combat, comme si, symboliquement, le découragement du leader poussait le peuple à l'effondrement.

Je note le génie de la langue française qui fait correspondre le mouvement des bras avec l'abandon de l'espérance.

C'est alors qu'Aaron, encore lui, le frère mais aussi premier ministre, dirions-nous aujourd'hui, et Hour, son beau-frère, viennent à lui pour lui saisir les bras qu'ils tendent vers le haut. Ainsi font-ils la démonstration que Moïse n'est pas seul, que sa vision est partagée, donc partageable. D'ailleurs, les commentateurs expliquent que, bien entendu, ce ne sont pas les mains de Moïse qui « font » le miracle, mais plutôt le fait que, en levant les bras, Moïse force le peuple à regarder vers le haut, vers Dieu, et à retrouver donc une espérance. Le chef n'est alors que le porte-parole de cette aspiration. De leur côté, Aaron, Hour et Nahchon ne tirent aucun avantage de leur action. Ils aident Moïse à conduire le peuple dans l'intérêt du peuple, au service d'une vision qui les dépasse. Voilà le socle de la société qui se fonde à ce moment, non pas unie contre quelque chose qu'elle fuirait en sortant d'Égypte, mais tout entière tendue vers un destin commun.

Nous n'avons pas à rechercher ou à attendre Moïse en chaque chef de gouvernement, mais nous avons besoin de retrouver notre rêve commun, un socle et un idéal grâce auxquels chacun accepte de rogner un tout petit peu sur ses propres privilèges – les farouches critiques de l'État diraient sur les libertés – au profit du bien commun. Ce que le citoyen concède à l'État, ce n'est pas le droit de penser ou de décider à sa place, mais la responsabilité d'assurer l'exercice de sa liberté et de garantir sa sécurité. Nous ne déléguons pas nos pouvoirs à des surhommes persuadés de détenir la vérité, nous leur confions les clés d'une maison qu'ils habitent avec nous. C'est pourquoi tout sentiment de supériorité mal placé nous accable, tel qu'on pouvait le percevoir par exemple dans les mots d'un responsable politique qui se reprochait d'avoir été « trop intelligent, trop subtil » dans l'explication de la politique du gouvernement – de telles « maladresses » trahissent au mieux un orgueil incroyable, au pis un mépris sans nom contre le peuple même sans lequel il ne serait rien, c'est-à-dire en fait contre nous tous.

Il peut arriver que l'on ait à faire des choix difficiles. Il se peut que des sacrifices soient nécessaires, à certaines époques ou dans certains contextes économiques : pourtant, rien ne peut les rendre plus illégitimes que de les imposer. Tout ce qui descend du haut vers le bas, sans consentement ni participation, sans explication ni tendresse, apparaît inacceptable. Or, pour démontrer la justesse d'une action, ses enjeux, la logique des efforts à consentir, il est vital de multiplier les opinions, d'encourager une pensée divergente qui tourne le dos au nivellement par le bas de l'opinion publique.

Prenons l'exemple de la mondialisation et du libéralisme financier, parfois décriés comme des menaces terrifiantes contre nos usines, nos travailleurs, nos ouvriers, nos sociétés. Ils seraient pourvoyeurs d'appauvrissement, de risque, de chômage pour nous. Et il faut le reconnaître : ils produisent des effets sur l'économie qui ont, en cascade, des effets sur nos sociétés. Les délocalisations en sont l'exemple le plus frappant. Le combat des ouvriers de l'aciérie d'Ascoval montre très concrètement ce qui se passe, au niveau local, quand l'industrie française se trouve menacée, mais aussi comment se battre pour sauver des emplois et inventer de nouvelles manières de travailler peut finir par payer.

L'aciérie Ascoval avait été créée en 1975 par Vallourec à Saint-Saulve, dans le Nord, et se trouvait menacée de fermeture depuis sa liquidation judiciaire. Le parcours avait été chaotique. En 2015, première restructuration à cause de la baisse des commandes dans le pétrole et le gaz. Le ministre de l'Économie de l'époque, Emmanuel Macron, avait assuré sur place devant les employés de l'usine qu'« il n'y aura aucune fermeture de site et aucun départ contraint », avant d'ajouter que l'État était à la recherche de « partenaires pour entrer au capital de cette aciérie ». En 2017, Vallourec ferme le laminoir et cède 60 % de l'usine au groupe Ascométal, qui rebaptise le site Ascoval. En novembre 2017, c'est le redressement judiciaire, et le tribunal de Strasbourg fait en janvier 2018 le choix d'un groupe suisse pour reprendre Ascométal, mais sans reprise de l'usine de Saint-Saulve. L'intersyndicale décide alors de poursuivre le combat ; le ministre de l'Économie Bruno Le Maire déclare en retour avoir l'espoir d'un repreneur. L'État et la région Hauts-de-France accordent 12 millions d'euros afin de pérenniser l'emploi et l'activité pendant un an. Mais, alors que des acheteurs potentiels étudient le dossier, Vallourec annonce en février la fermeture de sa production de Saint-Saulve. On connaît la suite de ces aventures compliquées qui donnent aussi la mesure de la ténacité humaine : en octobre, la société Altifort dépose une offre de reprise, les ouvriers votent l'arrêt de leur grève et, le 8 novembre, le président de la République affirme vouloir « sauver » Ascoval. Un plan solide est établi en décembre. Mais, en février 2019, le président de la région Hauts-de-France se rend compte que le repreneur « a des difficultés de financement » et Altifort retire son offre. Le tribunal octroie un nouveau délai en mars 2019. British Steel arrive alors pour reprendre le contrôle de l'usine – mais on prévoit sa faillite en mai ! Toutefois, après de nouveaux rebondissements et une modification du plan de reprise, l'usine est de nouveau pleinement opérationnelle et lance à l'automne de nouveaux investissements.

Dans un excellent documentaire, *La Bataille de l'acier*, Éric Gueret a suivi pendant un an, caméra à la main et de l'intérieur, le combat de ces femmes et de ces hommes, de ces responsables syndicaux et de ces dirigeants qui réfléchissent *et* agissent afin de répondre réellement à la question de savoir si, face à la mondialisation, il est encore possible de sauver l'industrie française. Pour réduire les coûts, pour préserver les emplois et pour devenir compétitif, ils ont su faire des sacrifices, repenser le sens du travail, les rapports à l'actionnaire, aux clients, aux politiques qui ne disent pas toujours ce qu'ils pensent et aux familles qui ne pensent pas toujours ce qu'elles disent.

Il faut entendre aussi les angoisses de l'exclusion, la mise à l'écart, les inégalités, bref le lot des « perdants » de ladite mondialisation : miracle pour les gagnants, désastre pour ceux qu'elle laisse au bord de la route. Pour les uns, il y a « pensée unique » dès lors que l'on défend la mondialisation ; pour les autres, ce serait l'inverse, la pensée unique étant celle de la contestation antilibérale. Les uns réclament plus de mondialisation, plus de libéralisme, les encensent et les défendent bec et ongles ; les autres arguent que l'on en a déjà trop, qu'il faut au contraire les réguler, les remettre au pas de l'humanisme, et posent de réelles questions. Nul n'avance à la fin, chacun restant sur sa posture. Comment demeurer insensible devant ce désastre d'Ascoval où nous pouvons mesurer le drame de la réalité humaine d'une délocalisation, et les forces de l'inventivité humaine quand elle résiste aux tentations du désespoir ? Il faut donc échapper au manichéisme, essayer de montrer que le problème est justement… que s'affrontent deux visions de la « pensée unique », stériles chacune dans leur genre.

Apprenons à ne pas voir toujours par le même bout de la lorgnette, les uns ne jurant que par les miracles de la mondialisation, les autres que par les désastres qu'elle provoque. L'équilibre est plus subtil, encore incertain. Comme souvent, la vérité se promène sur une ligne de crête et seuls les funambules y circulent à l'aise. Le judaïsme peut aider à penser cela, lui qui a toujours cherché à concilier les espérances opposées en inventant des points de convergence.

Je fais la différence entre l'espoir né juste après la guerre et incarné par le Conseil national de la Résistance (le CNR) et la situation présente. Nous n'avons pas tout perdu de ces espoirs, qui se manifestent encore dans tant de milieux et de magazines. Je pense, par exemple, et même sans aller chercher dans le monde très militant, au film *Demain* de Cyril Dion et Mélanie Laurent, César du meilleur film documentaire en 2016, qui présente de nombreuses initiatives dans le monde répondant aux grandes questions sociales et écologiques du moment. C'est local dans sa « mondialité », puisque les exemples utilisés proviennent du monde entier, et optimiste, vivant, jouissif, parce que porteur d'espoir et de bonheur.

Et il y a des initiatives de monnaies locales, de jardins partagés, tout un nouveau monde qui s'invente sous nos yeux. Le problème n'est pas qu'il n'existe pas, mais qu'il soit invisible aux yeux de ceux qui gouvernent et pourraient aussi s'appuyer sur cette part d'action et de rêve sans la mépriser par principe… Les mouvements sociaux ne sont pas tous désabusés : ils tentent de se faire entendre. Très maladroitement parfois, avec des pavés inadmissibles dans les vitres, mais beaucoup rêvent encore de plage sous les pavés.

De même, sur les acquis collectifs, les gens ne se réjouissent pas tous les jours de la sécurité sociale ou du bien-être au travail, tout d'abord parce que nous ne pensons pas assez, collectivement, à ce que nous avons la chance d'avoir, et ensuite parce que… ils sont en cours de déconstruction, ou semblent l'être pour beaucoup dans la perception du quotidien qu'ils en ont, sans que nous trouvions les mots justes pour le leur expliquer.

Car, plus que de savoir s'adapter, le vrai sujet est tout de même de savoir à quoi l'on veut s'adapter. Il n'y a pas d'adaptation bonne « par principe ». On peut s'adapter à un régime néolibéral, ou tyrannique, comme à un régime social, et réformiste. Ce n'est pas seulement l'attachement au passé qui nous paralyse : c'est aussi le fait que l'on veuille nous faire avancer dans une direction unique, et que cette direction n'est peut-être pas la plus propice à nous permettre de cultiver l'humanité, la douceur, la joie, la tendresse, bref, tout ce qui fait le sel de la vie.

La vie est toujours une combinaison. Il y a là une ruse des forces mortifères déguisées en dynamiques exclusives qu'il nous faut à tout prix identifier. Ainsi, Pierre Veltz, un polytechnicien, sociologue et économiste, fonde en 1996 le concept d'« économie d'archipel » où il explique que la mondialisation, certes, fait fi des frontières, mais en dessine d'autres qu'elle taille à coups de serpe : par-delà les continents et les océans, certaines métropoles sont plus proches les unes des autres que les banlieues de leur ville centre, les territoires de leur capitale, les villages de leur chef-lieu. Plus il y a de proximité entre New York et Londres, Paris ou Pékin, plus Garges-lès-Gonesse s'éloigne de Paris, Guéret de Clermont-Ferrand et Apt d'Avignon. Cela appelle à mener le combat pour réunifier les territoires, et c'est aussi un combat pour l'unité de la nation, pour trouver les chemins de l'adaptation aux réalités géographiques et économiques du monde sans perdre notre âme.

Ce n'est pas parce que nous refusons d'aller de l'avant que nous sommes incapables de nous adapter à la compétition mondiale, c'est parce que, pour beaucoup d'entre nous, nous ne voulons pas d'une société dont les fondements reposeraient exclusivement sur la compétition mondiale : le problème, autant que métaphysique, est en fait profondément politique.

Cultiver la pulsion de vie

Il nous faut aussi contempler les avantages de cette mondialisation. Tout d'abord, un enrichissement de populations, pauvres jusque-là, qui vivent certes à l'autre bout du monde, mais qui sont nos frères et sœurs en humanité. Ensuite, une baisse du coût de très nombreux produits pour nous – même si elle est bien trop souvent obtenue au prix d'une défaite des droits sociaux ailleurs et d'un oubli de considérations environnementales, comme nous le verrons plus loin. Fondamentalement, les nouvelles contraintes obligent notre outil de production à s'adapter, nos économies à chercher de nouvelles logiques, plus qualitatives, qui leur permettront à leur tour de vendre dans le monde entier. Bien sûr, il faut reconnaître et compenser tous les coûts humains de cette « adaptation » à marche forcée. Les ignorer ici et maintenant au nom d'un horizon rêvé consisterait à faire fi du présent et de ceux qui l'habitent au nom d'un autre monde qui n'est pas encore advenu.

Mesurons donc bien l'intensité des injonctions contradictoires auxquelles nos sociétés et nos gouvernements sont soumis. On fustige la mondialisation à l'aide de messages postés *via* des écrans de téléphone américains fabriqués en Chine, en utilisant des réseaux sociaux qui sont tous étrangers. On se mobilise contre les impôts et les taxes tout en espérant plus de dépenses publiques. On conspue les « riches » parce qu'ils ne donnent pas leur argent, on les soupçonne parfois lorsqu'ils le donnent, comme pour la reconstruction de la cathédrale Notre-Dame de Paris, et ensuite on les méprise car, en réalité, ils ne doivent pas donner leur argent, le « peuple » doit le leur prendre.

On attend plus de l'État, mais on lui en veut d'exercer son pouvoir. On veut une *autre* mondialisation, une *autre* économie, une *autre* fiscalité, un *autre* État. Ceux que nous avons ne nous conviennent plus, et tout ce qui contribue à nous le faire oublier n'est qu'une autre manière de prolonger le déni dans lequel nous vivons de moins en moins confortablement. Les mouvements sociaux produisent des bulles à la surface d'un grand lac où nous espérions naviguer heureux et à vue, sans fin.

Or, les volcans sous-marins guettent. Saurons-nous poser nos sismographes à la bonne profondeur ?

Ce n'est pas nouveau que de vouloir une chose et son contraire. Ainsi, les Hébreux dans le désert ont connu l'esclavage, l'asservissement et la violence des Égyptiens. Ils savent la tragique réalité du servage, mais, lorsqu'ils s'opposent à Moïse, ils regrettent « les poissons qu'ils mangeaient en Égypte et qui ne leur coûtaient rien, les concombres, les melons, les poireaux, les oignons et les gousses d'ail » (Nombres XI, 5). Cette capacité à vouloir une chose et son contraire, à embellir ce qu'on fuit et à salir ce qu'on a aimé, n'est que la marque de l'impossibilité de s'imaginer un futur serein, ou tout simplement un futur.

Et c'est parmi ceux qui ne voient pas de futur clair, ceux qui ne parviennent plus à déchiffrer la forme de l'horizon, ceux qui sentent leur identité même menacée par cette absence de visibilité, que se développe la contestation la plus forte de notre modèle de société. Ceux-là n'ont pas accédé à l'« identité heureuse » qui devait servir de base à l'un des candidats à la primaire de son parti lors de la dernière élection présidentielle. Comment l'expliquer ? C'est que la question identitaire n'est pas une affaire d'objectivité. Elle repose toujours sur un *storytelling*, une façon de narrer, et surtout de se persuader que l'on narre bien cette identité.

Celle-ci ne relève pas seulement d'un mythe – au sens d'une histoire qu'on se raconterait, inventée puis embellie à mesure qu'on l'ajuste : elle est un objet, mais un objet vivant, évolutif, dynamique et en mouvement perpétuel.

Ainsi des supporters d'une équipe de foot qui se voient comme les maîtres du monde lorsque leurs joueurs gagnent et se sentent subitement porteurs d'une identité plus malheureuse dès que les « héros » de la veille sont victimes d'une *remontada* historique et perdent le match du siècle. Alors, les supporters déçus se rabattent sur la mémoire des temps anciens, à la recherche d'une victoire rédemptrice, cause de grande réjouissance, mais source aussi de crispations par rapport à un présent incapable de tenir cette promesse du passé. Or, le futur ne s'invente pas au rythme mimétique du passé. Bien de grandes équipes ont perdu de leur gloire, tel le Stade de Reims de Kopa, Fontaine et consorts, celui qui, en Europe, était le seul à tenir tête au grand Real Madrid de Di Stefano : malgré de belles saisons en milieu de tableau du championnat français, il n'est plus au niveau de son passé. Qu'importe, pourtant, s'il sait – ou croit, ce qui est plus important sans doute – pouvoir y revenir un jour, voire se surpasser !

Pour le dire plus directement, en tant que Français, même si nous avons des problèmes, des doutes et des peurs, nous avons toujours notre glorieux passé pour nous assurer que nous avons bien un destin, que nous pouvons influer sur celui-ci et que nous pouvons même le partager avec d'autres. Au-delà des éléments objectifs de notre situation, nous avons un principe que le Talmud appelle *Zehout Avot*, le mérite des Pères, un arbitraire positif qui nous offre, en cas de difficulté, de croire encore en nous, sans tomber dans l'erreur de ne voir que notre passé.

En effet, se retourner avec amertume vers le passé constitue un indicateur assez féroce, mais très sûr, du manque de confiance d'une société dans son futur. Lorsque les Hébreux sont devant la mer Rouge, apparemment infranchissable, et que les armées de leur ancien bourreau arrivent à bride abattue vers eux, il semble n'y avoir aucun espoir, plus de futur. Alors, une partie du peuple veut revenir en Égypte. Malgré l'esclavage, la mort, la violence, la souffrance, ce passé redevenait brusquement le seul horizon à atteindre, la seule espérance à rebours. Mais ce retour vers le passé n'est qu'un mythe, une désillusion ; ce n'est que le lot de ceux qui n'ont plus la force de tenter le futur.

C'est ce terrible manque d'espérance que traduisent les pulsions récurrentes, qu'elles soient intellectuelles, médiatiques ou politiques, affirmant qu'« avant c'était mieux ». Ce qui est faux, en soi, ou du moins toujours discutable d'un certain point de vue : ce qui était « mieux » pour les uns n'était alors que le pire des autres ; les privilèges d'un petit nombre étant alors payés du prix de la sueur de tant d'autres. Il n'existe aucun point de comparaison objectif entre le degré de « bonheur » d'une société médiévale ou monarchique et celui de nos sociétés modernes en quête perpétuelle d'une meilleure démocratie, mais il est au moins possible d'affirmer que l'aspiration à la liberté et à la réalisation individuelles y est sans doute mieux respectée que dans toute société étroitement hiérarchique, brutalement autoritaire ou collectiviste.

N'en déplaise aux déclinistes malheureux qui égrènent leur petite musique à longueur d'ouvrages ou d'interviews, le monde, qui ne va pas si bien, certes, ne va globalement pas plus mal non plus. Comme toujours, des hommes et des femmes se battent, avec leurs moyens, pour transformer la société, et nous pouvons en être fiers. Mais s'acheminer vers des lendemains plus heureux n'implique pas, bien au contraire, de regretter à longueur de temps et d'imprécations un passé travesti par la rhétorique facile et l'aigreur triste. Méfions-nous terriblement de cette tentation « réactionnaire » au sens propre : s'il est parfois bon, en effet, de conserver ce qui est porteur de valeurs, de civilisation, d'espoir, si les traditions, l'histoire et la mémoire nous ancrent dans un sol plus fertile, c'est toujours parce que nous acceptons d'y grandir, d'y voir naître et fleurir de nouvelles plantes jusque-là inconnues, puisque impensables, de nouvelles idées, de nouveaux possibles.

Le négativisme ambiant n'est que le revers d'une lassitude à vivre, le signe d'une sorte de vieillissement de l'âme. Un ami à qui je demandais comment marchaient son magasin et son activité me répondit : « Pas terrible. » Quand je m'enquis de la baisse qu'il escomptait, il m'avoua : « Non, pas de baisse, j'ai réalisé +12 % par rapport à l'an passé ! — Mais l'an passé, par rapport à l'année précédente ? » insistai-je. Il me confirma : « L'an passé, j'avais déjà +7 %... » Malgré ces très bons chiffres, lui me parlait de la tendance générale, qui était à la morosité, tandis que je devais lui rappeler ses propres données objectives pour lui montrer qu'il exagérait peut-être le drame.

C'est un tropisme bien courant que de voir le verre à moitié vide, ou même au quart vide, avec la capacité d'occulter la part pleine, même si elle est de trois quarts. Cette forme d'insatisfaction fait en un sens notre force, puisqu'elle alimente le désir de faire mieux ; mais elle représente aussi un piège : l'insatisfaction permanente de celui qui ne prendrait jamais conscience de ce qu'il a déjà, n'aspirant qu'à plus et mieux. Il faut voir ce qui ne va pas, ne pas faire l'autruche, et voir *en même temps* ce qui va, et comment l'améliorer. Pas l'un sans l'autre, ni l'autre sans l'un, car nous contribuerions à cet effet de balancier inutile entre les béats du meilleur des mondes que l'on rencontre dans certains hebdomadaires et les mauvais génies du déclin que l'on croise sans cesse chez d'autres. Renvoyons-les dos à dos : agir, c'est diagnostiquer, puis avancer.

C'est avec cette ambiguïté de l'humanité qu'il faut savoir composer. Car il est bien légitime de vouloir « changer le monde », pour qu'on y souffre moins, pour que le partage de la richesse soit plus juste.

Les Maximes des Pères affirment déjà que le riche est d'abord celui qui est heureux de ce qu'il possède : non parce qu'il s'en contenterait ou ne serait pas prêt à prendre des risques pour inventer une nouvelle société de peur de perdre ce qu'il a déjà, non, mais au contraire parce que seul celui qui est conscient de tout ce qu'il a déjà (et désire encore) se trouve assez heureux pour aller de l'avant. Son avenir est par avance assuré lorsqu'il est heureux par principe de ce qu'il a déjà, tout en pouvant le devenir plus encore grâce à ce qu'il gagnera sur l'adversité.

On peut objecter que cela ne marche que… pour les riches ou assez riches ; que, même dans nos sociétés, tous ne sont pas dans un confort, matériel ou spirituel, tel qu'ils puissent « se contenter » d'un bonheur qui n'en est pas un en attendant mieux. Mais je pense malgré tout qu'il y a un état d'esprit qui prédispose à saisir les opportunités et qui s'appelle « vouloir être heureux ».

Tandis que celui qui ne perçoit son futur que comme un retour vers le passé est déjà dépassé, ne peut que se recroqueviller sur lui-même et travailler son amertume, celui qui s'oriente en fonction du futur, tel un tournesol vers le soleil, peut encore se fabriquer de la joie. Il ne s'agit pas là d'un éloge de l'immobilisme ou d'une manière de « se contenter de peu », simplement d'un rappel à l'essentiel que nous ne devrions jamais ignorer : aspirer à mieux va de pair avec savourer le présent dans ses petites surprises et ses grands émerveillements. Qui n'est ni malade ni affamé, qui jouit de la santé et gagne de quoi vivre correctement a raison de tout faire pour aider son prochain à atteindre cette même situation ou une autre encore meilleure.

En revanche, se plaindre de n'être « pas assez » riche, « pas assez » vite, n'a jamais suffi à transformer la société. Seules les paroles accompagnées d'actes, c'est-à-dire d'un engagement direct dans la vie de la cité, qu'il soit associatif ou politique, permettent de faire advenir « un autre monde » ici-bas.

Nous ne sommes pas vaincus

Pourtant, aujourd'hui, en France et dans une grande partie de l'Europe, nous cédons à la tentation de la récrimination sans action, de la critique non constructive, de la peur de perdre sans avoir l'audace de tout reconstruire. Et comme il faut alors trouver un responsable de notre malheur, ceux qui nous auraient forcés à quitter ce « temps jadis » béni, nous nous tournons vers une série de boucs émissaires potentiels. Il y a bien sûr nos dirigeants politiques, nos intellectuels et nos penseurs, nos journalistes et nos élites : une partie d'entre eux peut bien contribuer directement à cette mythologie du paradis perdu, mais elle finit toujours par en payer le prix, puisque les têtes à couper se recrutent aussi dans ses rangs. C'est un jeu dangereux auquel se livrent ceux qui critiquent le présent au nom du passé, car si le présent est éminemment critiquable par certains aspects, c'est toujours au nom de son devenir qu'il faut désirer le changer.

Qu'avons-nous de bon à trouver dans le passé, en termes de « modèle » de société ? Toutes les grandes idées sont travaillées par le temps, comme les hommes et la nature eux-mêmes. Ce qui fut bon pour une époque donnée ne peut qu'être réinventé et réadapté. *A contrario*, il ne faut pas être un naïf partisan du progrès, pour qui toute modernité serait juste par principe. La nouveauté n'est que ce que nous en ferons, la technologie peut être l'instrument de nouvelles tyrannies comme d'un accroissement de liberté. L'essentiel se joue donc dans la définition de notre désir commun de faire société : autour de quels principes ? autour de quelles aspirations *à venir* ? Arc-boutés sur le passé, ceux qui pensent le monde à rebours et ne vivent qu'à travers l'histoire s'interdisent de l'inventer.

Pour tous ceux-là, les Juifs, symboles ultimes de l'Altérité, constitueront toujours une cible idéale, plus ou moins inconsciente, plus ou moins implicite – on le sait depuis longtemps, les Juifs sont toujours « responsables » dès qu'une inquiétude sourde taraude une société. Ils sont les étrangers par définition, fussent-ils plus assimilés que les plus assimilés des descendants de Vercingétorix. Ils sont ceux qui n'appartiennent pas tout à fait à une société qui se replie sur des racines mesquines et d'autant plus fragiles qu'elles oublient leurs propres croisements, la puissance de leurs métissages, l'élan qu'ils donnent à leurs branchages. Sommes-nous encore capables de nous voir tous comme les feuilles d'un même arbre, ou allons-nous retourner vers cette absurde hiérarchie des bonnes et des mauvaises herbes qui renvoie chacun à une assignation communautaire, exclusive et apeurée ? Les Juifs sont les Autres comme « Je est un Autre » pour Rimbaud : c'est-à-dire les Mêmes. Aussi longtemps que l'on aura peur de soi-même devant son miroir, on aura peur du Juif.

Notre époque présente un risque majeur, ce que le sociologue Émile Durkheim appelle le « suicide anomique » : il conduit à abdiquer sa force vitale quand on ne voit pas d'issue possible à la détresse qui est la nôtre. Et cela est également possible au niveau d'une société. Celle qui n'a plus foi en sa propre force cède aux puissances mortifères du soupçon qui précède la haine. Mais plutôt que de réagir collectivement, d'énoncer ce qui dysfonctionne *et* de voir ce qui fonctionne dans notre société, comment l'améliorer, comment devenir plus forts et plus justes collectivement, nous nous complaisons dans les analyses sur le « suicide » supposé de la France, sur notre situation économique supposée catastrophique, sur nos perspectives jugées nulles, sans aller – mais de justesse, car on ne peut exclure que cela vienne – jusqu'à une supposée « malédiction française ».

Nous avons certes connu dans notre pays des moments compliqués mêlant espérance et terreur, aspiration à la justice et renversement des valeurs. Nous avons connu la Révolution et Mai 68 ; nous avons également connu des moments terribles avec l'Occupation et les rafles, mais il y avait toujours au cœur de la nuit une part d'espérance, une utopie, celle des maquis et de la Résistance, y compris celle secrète des Justes. Celle qui devait déboucher par exemple sur le programme du Conseil national de la Résistance, par-delà manques et souffrances. Il y avait des voix qui attendaient dans l'ombre, qui affirmaient dans des revues littéraires encore libres comme *Fontaine*, publiée à Alger : « Nous ne sommes pas vaincus. » Aujourd'hui, alors que la situation est incomparablement moins lourde, nous avons aussi à entendre toutes ces voix qui le répètent : nous ne sommes pas vaincus.

En fait, et malgré leur nom magnifié dans notre mémoire collective, les Trente Glorieuses n'ont pas seulement représenté une période de joyeux développement économique. Il y avait les blessures de la guerre, l'obligation pour beaucoup de quitter les campagnes, la terrible pauvreté des bidonvilles de Nanterre, le cri de l'abbé Pierre de 1954 devant ce déni de civilisation et d'humanité : tout cela a existé et devrait nous interdire d'utiliser l'expression de *Trente Glorieuses*, si nous étions assez rigoureux pour nous souvenir du noir et du blanc.

Mais la mémoire ne pense pas, ne retient pas le gris : si nous transposons nos souvenirs à l'échelle d'une vie humaine, ce n'est pas le passé que nous regrettons, ce sont nos vingt ans. Ce n'est pas le futur que nous craignons, c'est notre vieillesse. Notre société semble regarder en arrière, se montrant incapable de mesurer toutes les améliorations du niveau de vie collectif. Beaucoup de Français se souviennent comme moi qu'il n'y avait pas toujours dans notre prime jeunesse de toilettes à la maison, seulement à l'extérieur. Qui remarque encore tous les jours l'eau courante ? Qui se félicite de notre sécurité sociale si unique au monde ? Certes, nous devons être attentifs à sa préservation, à son amélioration, nous assurer que l'on ne recule pas sous prétexte d'avancer, que la logique économique ne prime pas sur la logique sociale, comme dans les hôpitaux, par exemple, où la diminution du nombre de lits pour des raisons bassement budgétaires a des conséquences dramatiques.

Mais ce que nous regrettons collectivement, c'est au fond tout ce qu'il y avait à reconstruire, à construire, à inventer ; sans voir que tout est encore, et pour demain, à reconstruire, à construire et à inventer. La grande vérité populaire selon laquelle « Le bonheur ne fait du bruit que lorsqu'il tombe » décrit bien notre société qui survalorise les mauvaises nouvelles et donne, avec l'émergence des chaînes d'information en continu, le sentiment d'un continuum catastrophique : tout va mal ! Cette perception globale pollue littéralement notre sentiment par rapport au monde, par rapport aux générations précédentes, par rapport à nous-mêmes. Nous nous méfions du monde, car nous nous méfions de nous.

Appel à l'imaginaire

Lorsque Moïse, toujours lui, se retrouve dans cette même situation d'incertitude dans le désert, comme nous l'avons vu, devant son peuple qui regrette le passé fantasmé de l'Égypte, il comprend que seule une nouvelle génération sera capable de sortir de cette nostalgie aussi fausse que mortifère. Ceux qui entreront en Terre sainte seront ceux qui auront connu le désert et seront capables d'assurer le pari de l'avenir, le pari de la vie, en souriant au futur. En fait, le passé nous offre un point de repère, un point A, pour l'additionner au point B, celui du présent, et ainsi tracer une droite qui nous indique un horizon. Max-Pol Fouchet, dans un catalogue dédié à l'art africain où il reprenait probablement un proverbe malien, l'affirme : « Le chemin le plus direct du point A au point B n'est pas la ligne droite, c'est le songe. » N'est-il pas temps de rêver à nouveau ? C'est-à-dire oser ne pas être prisonnier de ce que d'autres veulent que nous soyons et oser imaginer un autre monde que celui qui nous est imposé ?

Le rêve est justement au cœur du judaïsme. L'enjeu même de sa permanence est de rassembler les étincelles de lumière de tous les peuples. C'est peut-être la raison de la dispersion des Juifs dans le monde, eux qui ont pour vocation spirituelle de réenchanter le rêve comme mode d'espérance et de construction du futur. Il existe en effet au sein de l'expérience du judaïsme quelque chose qui semble déjouer l'immuabilité des règles du monde, une forme de puissance extraordinaire, dont la manifestation passe par la survie et la perpétuation d'une histoire et d'un texte. Cette évidence, qui est aussi une mission, les Hébreux finissent par y adhérer volontairement.

Ce mécanisme n'engage pas seulement une étape dans l'histoire du peuple juif, il dit un « moment du monde ». Parmi les commandements de la Bible, il y a justement l'idée que ce texte s'adresse à chacun, à l'universel, et non aux seuls Juifs. Certes, c'est l'histoire des Hébreux qui nous est transmise et contée, mais nous les découvrons toujours confrontés à l'Histoire, en interaction avec les autres peuples.

Ainsi, par exemple, la liturgie du Nouvel An, Roch Hachana, débute par un texte sur Ismaël, le premier fils d'Abraham. Non pas une réflexion sur Isaac, notre ancêtre, cela viendra le deuxième jour, mais bien l'histoire d'Ismaël et de sa mère. De manière extraordinaire, c'est le lien aux autres peuples qui fait l'essence du judaïsme. Ainsi dans le livre d'Isaïe (XLIX, 6) : « Je t'établis pour être la lumière des nations, pour porter mon salut jusqu'à l'extrémité de la terre. » Mais cette lumière que porte le peuple juif n'est pas celle qui aveugle, éblouit et domine, elle est celle qui est vouée à éclairer pour ouvrir et faciliter la route. À tous. C'est pourquoi le peuple juif est souvent comparé à la lune, éclairée lorsqu'elle reflète la lumière du soleil, c'est-à-dire de l'ensemble des nations ; et lorsque cette lune est plongée dans l'obscurité, alors c'est un signe de catastrophe, car la situation des Juifs n'est jamais que le reflet de la situation du monde.

C'est d'ailleurs ce que propose Michael Walzer, le philosophe américain, avec sa logique des « deux universalismes[1] » qu'il attache au judaïsme. Le premier confie au peuple d'Israël l'élévation de l'ensemble de l'humanité – et c'est peut-être cela, l'« élection » d'Israël, avec ce qu'y ajoute Juda Halévi dans l'Andalousie du XIIe siècle lorsqu'il explique la dispersion et l'exil du peuple juif par cet impératif de diffusion de la lumière. Le second universalisme fait, quant à lui, de l'histoire du peuple juif un modèle type de l'histoire de tous les peuples, mais sans la tentation d'en faire une religion universelle, puisqu'il s'agit bien plutôt d'instaurer un dialogue avec toutes les autres nations, parties prenantes de cette commune humanité, ainsi que le clame le prophète Michée : « Car tous les peuples marchent chacun au nom de son dieu, et nous, nous marchons au nom du Seigneur, notre Dieu, pour toujours[2]. »

La liturgie du Nouvel An, Roch Hachana, passe par le pardon de toutes les fautes que nous ne pouvions pas ne pas commettre contre les autres. C'est bien cette relation aux autres que nous devons mettre au clair avant de tracer ce que sera notre destin. C'est ce que le philosophe Martin Buber proposait déjà comme postulat : nous avons fauté, mais

---

1. Notamment dans « Universalisme et valeurs juives », *Raisons politiques*, n° 7, mars 2002, p. 53-78.
2. Livre de Michée IV, 5.

nous allons réparer, déchiffrant dans ce message le projet fondamental du pardon. C'est la vocation du peuple juif défini comme « un royaume de prêtres, un peuple saint » : des prêtres au service des autres, et un peuple saint parce qu'il endosse collectivement cette responsabilité.

Entrer dans la vérité de l'autre, dans le souci de l'autre, c'est envisager la relation à l'autre, y compris le manquement à l'autre. En effet, s'il y a devoir, c'est envers autrui, envers ce « visage », comme dirait Levinas, qui m'oblige par cette promesse d'altérité et d'échange. Par cette rencontre qui me pousse à penser l'autre comme un autre moi, c'est-à-dire porteur de désirs différents, mais pas moins dignes que les miens. Pour cela, il importe de se voir comme étant « en route », sans survaloriser le monde d'où nous venons et où nous vivons, mais en rêvant le monde du futur. C'est pourquoi le monde hassidique, porteur de la joie, d'une relation heureuse aux autres, ne peut pas échouer, car il vise à réconcilier le présent et le futur avec bonheur. Sans faire de tous les Français des Hassidim, nous pourrions nous inspirer de cette joie qui nous manque tant pour revivifier notre espérance quotidienne, de nos projets citoyens à notre vie politique.

Mais qui peut montrer la route ? Comment échapper à ce paradoxe qui nous amène à considérer tout détenteur d'une responsabilité élective (sauf peut-être le maire, et encore plutôt dans les petites villes) comme un privilégié, profiteur du système ? Comment faire évoluer un modèle sans faire table rase du passé pour autant ?

C'est le choix qui se présente aux Hébreux juste avant d'entrer en Terre sainte. L'Éternel leur interdit de refaire ce qu'ils connaissaient en Égypte, mais Il les met en garde également contre ce qu'ils découvriront en Canaan. Que doivent-ils faire, s'ils ne peuvent suivre ni l'exemple des Égyptiens ni celui des Cananéens ? Ne pas refaire ce qu'ils faisaient depuis toujours en Égypte, par automatisme, sans même réfléchir, juste parce que « c'est comme ça », et, tout à la fois, ne pas céder aux sirènes de la seule nouveauté, en se reniant au nom de ce qu'ils vont découvrir en Canaan. Il leur faut donc conserver ce qui est bon et inventer ce qui est à découvrir. Ainsi, dans le livre des Nombres (XIII, 1), la Bible nous raconte l'épisode des explorateurs.

Moïse, aux portes de la Terre sainte, veut rassurer le peuple sur ce qu'il découvrira de l'autre côté du Jourdain. Il choisit douze explorateurs, un par tribu, et les charge de visiter la Terre promise avant d'en faire un rapport au peuple. Les douze hommes voyagent, constatent qu'en effet le lait et le miel coulent sur cette terre, mais dix parmi eux expliquent au peuple rassemblé que, face aux géants et aux peuples puissants qui habitent le pays, personne ne pourra rien, y compris l'Éternel. Le peuple se met à pleurer et son manque de confiance en Dieu est sanctionné par une errance de quarante ans dans le désert.

En fait, et c'est une question très contemporaine, comment ces dix explorateurs, des hommes de bien, ont-ils pu être d'aussi mauvaise foi et manquer de confiance en Dieu au point de faire douter tout le peuple ? Tout simplement parce qu'ils ne voulaient rien changer à la situation globale du peuple, préférant rester dans le désert pour conserver leurs postes et leurs prébendes plutôt que de risquer de tout perdre en arrivant à destination. Ne rien changer constitue en fait une catastrophe, mais c'est le prix à payer pour rester les chefs. Faisant ce choix, ils condamnent le peuple à quarante années d'errance dans le désert.

N'oublions pas non plus que lorsque le mouvement est mis en branle, quand le changement est entamé, il peut toujours se trouver des frileux qui espéreront le faire échouer afin de justifier de ne pas y avoir cru et de ne pas l'avoir tenté. Car tout beau projet, social ou collectif, peut être dévoyé en pratique, la théorie supportant mal la transposition au réel. Qu'il s'agisse de l'école, de la sécurité sociale, des retraites ou du droit du travail, il ne suffit pas d'introduire de la « flexibilité » ou de la « souplesse » pour réussir. Encore faut-il définir un projet collectif, s'assurer du consentement de ceux auxquels on le propose, entendre les objections, les admettre ou les désarmer par un lent travail de raison et de concertation, retisser de l'espoir et du désir là où ne résonnent plus que colère et désarroi.

Or, le propre d'une démocratie vivace est que les rapports de force n'y soient pas unilatéraux, de l'État au citoyen qui se soumettrait à quelque parole tombée d'en haut : la confiance se construit plus qu'elle ne se décrète. Une multitude d'acteurs sont désormais à prendre en compte. Grandes entreprises, syndicats, marchés financiers, médias, monde intellectuel, organisations non gouvernementales, associations classiques, société civile, mouvements citoyens et *think tanks* se côtoient sur Internet sans toujours savoir se parler. Les risques de notre temps sont moins repérables qu'autrefois, car plus diffus. Les peurs sont plus violentes du fait de l'imprévisibilité de la catastrophe qui peut guetter au coin de la rue, qu'il s'agisse d'attentats ou de phénomènes naturels climatiques. Risques et peurs ne laissent aucun espace de sérénité – l'espace public aussi bien que les espaces professionnels et intimes deviennent le lieu d'une méfiance intuitive contre tous les pouvoirs, qui mine notre société.

Cette méfiance pousse à l'enfermement, transforme la relation aux autres en relation avec les mêmes, mène tout droit à une forme de communautarisme qui réconforte sur le moment, mais nous prive en réalité de toute possibilité d'aller de l'avant, nous paralysant, nous laissant médusés, sidérés, immobiles sur le bord d'une route où continuent de défiler sans nous les caravanes de la mondialisation, ouvrant dans leur sillage la route aux civilisations plus audacieuses. Et tandis que l'Extrême-Orient, par exemple, n'hésite pas à rêver à de Nouvelles Routes de la soie et à bâtir des mirages à la force du nombre et du commerce, nous ne savons plus comment concilier humanisme et vitalité, désir d'échange et protection de nos propres songes. Nous sommes parfois comme dans l'Égypte du Pharaon, plongés dans les ténèbres qui ne sont, bien souvent, que le résultat de notre incapacité à ouvrir les yeux sur les réalités du monde.

C'est d'ailleurs ce que dit Chantecler dans le *Roman de Renart* : « Maudits soient les yeux fermés… » Il nous faut donc diriger notre regard vers les autres, entendre leurs points de vue sans toujours y adhérer, refaire entrer dans la grande ronde politique l'intégralité des peurs et des espoirs que nous avons cru pouvoir écarter d'un revers de la main en espérant que la croissance favoriserait, à elle seule, le bonheur du peuple. Nos désirs ne sont ni si simples ni si matériels. Sans projet de société fédérateur et mobilisateur, lequel ne peut ni s'improviser ni s'imposer, il n'est pas de retrouvailles possibles entre les différentes composantes de cette société fracturée.

Pour ce faire, il faut accepter d'inverser notre logique. Chacun à titre individuel d'abord, puisque la vie commune n'est jamais faite que d'une multiplication de vies particulières. Chacun pense « bien faire », bien comprendre le monde, toutes choses que « les autres » ne réalisent pas. Et, donc, ce sont « les autres » qui doivent venir à moi, puisque je suis dans le vrai. Or, si tout le monde pense de même, personne ne bouge, nous restons toujours encalminés dans nos certitudes et ne retissons plus de lien social, craignant de remettre en jeu notre position sociale, de paraître soudain nous contredire. Lorsque nous avons quelque chose à perdre, peut-on réellement trouver la force, la détermination et la volonté de s'engager pour transformer les choses sans risquer de tout renverser ? Seuls sont sérieusement capables d'agir ceux qui n'ont plus rien à perdre. Et ceux-là nous disent qu'ils ne veulent plus de la société dont nous nous contentons. S'il faut les entendre, c'est aussi pour démontrer ce qu'il reste toujours à perdre (la paix sociale, par exemple, ce miracle qui nous permet encore d'échapper aux terreurs de la guerre civile), tout en acceptant de faire un pas de côté, d'entendre ceux qui voient de l'insupportable où nous croyons banalement que tout ne va « pas si mal ».

L'espoir suscité par l'élection d'un jeune président en 2017 a créé des attentes. Emmanuel Macron a réussi à expliquer au pays qu'il y avait des possibilités fortes d'espérer, de retrouver confiance en notre avenir et de croire en notre destin commun, qui plus est dans une Europe dont il était le seul à revendiquer pleinement la vocation protectrice. En fait, il proposait au pays un rêve, un projet : c'est-à-dire ce qui lui manquait. Ce n'était que le début de la route et il importait de s'assurer que ce projet soit partagé, non pas seulement par défaut, mais par adhésion forte et puissante de la population. L'enjeu était de parvenir à limiter l'écart entre le rêve et sa mise en œuvre.

Je ne veux pas dire que personne n'a osé rêver jusqu'à mai 2017, car bien d'autres ont rêvé ; simplement, ils n'ont pas gagné et n'ont pas pu mettre en œuvre leur programme, ou bien ils ont gagné et ont été dans l'incapacité de le réaliser en pratique. Le rêve du président peut encore devenir un rêve pour tous, à condition de ne pas oublier que la grandeur d'une espérance est justement de laisser de la place pour les rêves des autres, ceux qui ont le droit de ne pas partager le nôtre. C'est l'histoire de la démocratie qui, même majoritaire, sait entendre l'opinion de tous, sait intégrer les rêves minoritaires. Les Gilets jaunes ne sont pas des parasites paralysants, dans leur sincérité, mais tout simplement des gens qui rêvent d'autre chose – il faut veiller à ne pas les traiter par le mépris et à inclure une part de leurs rêves dans le projet des gouvernants.

Certains ne croient plus à un changement possible ; d'autres sabotent tout changement qui ne vient pas d'eux, quand bien même ils seraient d'accord sur le fond ; d'autres encore ne savent plus qui croire, adoptent un simple positionnement tactique ou tentent de tirer leur épingle du jeu politique sans se soucier du bien commun. Cet attentisme, et plus encore celui des élites, est mortifère et devient une source permanente d'angoisse collective et de désespoir que rien ne justifie. L'axiome du temps présent ne peut pas seulement être : « Je souffre, donc je suis. » Cela définit non seulement la victime, mais la victimisation. C'est là, justement, que se trouve le point central de la crise morale que nous vivons. Et c'est peut-être de là que viendra l'espérance.

Ces souffrances ne s'agrègent pas encore ensemble. Malgré le mouvement des Gilets jaunes qui posait des questions sensibles et justes, avant d'être en partie récupéré par diverses mouvances partisanes essayant chacune de s'approprier le message de la colère et de la détourner à leur profit, il n'y a plus assez de vision collective et de capacité à créer un mouvement *pour* quelque chose. *Contre* quelque chose, tout un chacun peut prendre position, plus difficilement *pour*.

Ce manque de positivité dans le combat politique et social constitue notre plus grande faiblesse et nous laisse les plus grandes marges de progrès.

Après le désenchantement du monde, il nous faut échapper au désenchantement individuel. Et cela est vrai même pour quelque chose de positif. Je le constate, par exemple, sur la question de la lutte contre l'antisémitisme. Tout le monde, ou presque, a conscience de l'urgence de lutter contre ce fléau. Mais il est plus difficile de motiver des administrations et des acteurs publics ou associatifs pour expliquer le judaïsme, alors que je suis convaincu que l'antisémitisme, comme tous les racismes, vient en partie de la méconnaissance. Mais il est, là aussi, toujours plus simple de mobiliser *contre* que *pour*.

La cellule familiale elle-même, sur laquelle chacun fondait ses espoirs quand le reste pouvait s'effondrer, n'est plus toujours garante de pérennité et de sérénité : même au niveau le plus intime, la peur et la menace de la chute envahissent nos vies. Tout semble pouvoir s'écrouler : *Delenda Carthago est !* Et, après nous, le déluge ? Cela comporte un risque majeur : celui de vouloir « essayer » de porter au pouvoir ceux qui ne l'ont pas exercé, parce qu'ils présentent le seul mais bien illusoire attrait de la nouveauté.

Les grands principes fondateurs de notre société sont chaque jour remis en cause par des inventions technologiques, par des contestations doctrinaires, par l'égoïsme de tous et, plus que tout, par la force de l'habitude. Rien n'empêche plus le changement, en effet, que la simple habitude d'avoir toujours fait les choses de telle ou telle façon. C'est ce que clamait Charles Péguy dans cette citation magnifique que j'ai choisie comme exergue : « Il y a quelque chose de pire que d'avoir une âme même perverse. C'est d'avoir une âme habituée. » Oui, à force d'être habitués à la violence sociale, aux sondages qui annoncent la montée en puissance de tel parti, finissant par renoncer à endiguer les pulsions du repli, nous en oublierions même qu'il y a des possibilités d'agir autrement.

Il y a donc un double mouvement : une érosion de nos principes et, en même temps, l'absence de l'apparition de nouveaux principes qui viendraient les réenchanter. C'est une forme d'anomie qui perturbe tout, en empêchant de se projeter de façon sereine dans un futur que nul n'ose imaginer sans angoisse. Les romans de science-fiction sont sans cesse dépassés par un réel à la fois plus sombre et plus fantastique que ce qu'ils nous annonçaient. Plus aucune valeur n'est absolue, car tout est remis en cause, pour la simple raison que notre futur n'est plus certain. Et, plus encore que le nôtre, celui de nos enfants. Le progrès porte une part d'inconnu qui faisait rêver par le passé, mais qui nous fascine et nous panique aujourd'hui.

Ainsi, lorsque le Comité consultatif national d'éthique a organisé les débats sur la bioéthique, il a fallu interrompre celui sur les nanotechnologies en raison d'oppositions âpres, physiquement violentes, irrationnelles. La société de surveillance généralisée nous menace, au moment même où pourtant la technologie semble pouvoir nous ouvrir toutes les portes de la liberté. Les voies de la démocratie sont à repenser à l'heure où la consultation des peuples peut devenir partiellement virtuelle. Il nous faudra répondre à cet appétit de participation qui dit aussi le désir d'avoir une influence sur le cours des choses, de retrouver une forme de puissance d'agir. Notre imaginaire politique sera-t-il à la hauteur de ces espoirs ?

Le Talmud (Kala Rabbati 53a) affirme : « Aime ce qui est en devenir et déteste ce qui est béni. » Avec mille huit cents ans d'avance, ce texte affirme qu'il faut préférer un système qui ouvre des potentiels plutôt qu'un système fini, connu et donc « béni ». En fait, il nous faut envisager le risque comme une chance, anticiper les changements de comportement dans la société, parier sur l'innovation, y compris politique et sociale, déchiffrer des opportunités où nous pourrions ne voir que des menaces. J'ose le croire et l'affirmer : notre société, telle qu'elle est, est bénie… donc elle est *au bout de son histoire*, ce qui veut dire que nous devons la réinventer ou assister à sa fin.

En réalité, nombreux sont ceux qui dressent le même constat, sans oser en tirer les conséquences, et surtout sans savoir à qui se vouer pour ce faire.

Chacun essaie de rapiécer, d'adapter, de corriger très légèrement les choses dans son domaine en proposant de bouleverser les autres pans de la société, alors qu'il faut penser une transformation plus globale, plus large, plus systémique. À force de vouloir « gérer » la vie quotidienne des Français, plus personne n'ose penser la globalité de la société et la vision qui pourrait servir d'horizon. Le président de la République s'y essaie – saura-t-il rassembler, tenir compte des divisions profondes et des espoirs insatisfaits de la société ? On ne peut que le désirer.

La panique identitaire

Il y aura pour cela bien des obstacles à franchir. Il faut d'abord que le pouvoir ne s'enferme pas dans la tour d'ivoire que la puissance élève toujours autour des puissants. Il y a donc une part de responsabilité venant d'« en haut » dans la construction possible d'un destin commun. Mais l'autre part vient de chacun d'entre nous. Il nous appartient de prendre conscience d'un certain nombre de phénomènes, pour mieux échapper à leur logique mortifère. L'un des plus dangereux relève sans doute de la panique identitaire. La peur de perdre son identité prend une double forme : dilution de l'identité particulière dans la diversité identitaire d'un pays, et crainte très concrète de perdre son identité propre, au sens de sa carte d'identité. Je l'ai constaté lorsqu'une amie, ayant perdu sa pièce d'identité, ne put recouvrer le calme avant de l'avoir retrouvée, imaginant que l'on pourrait se « faire passer » pour elle. Ce phénomène existe depuis toujours, amplifié désormais par cette existence numérique qui vient doubler notre existence réelle et multiplier le risque d'en être dépouillé. Cela renvoie à l'angoisse de « ne plus être soi », de ne plus faire « un avec soi-même », de ne plus trouver sa cohérence propre, d'être amputé de son intégrité, d'une forme de totalité ou de certitude rassurante, puisque personne ne mesure ce que sera le lendemain si je ne suis plus moi-même ou n'ai plus de moyen de prouver qui je suis. La récurrence, dans l'actualité, d'histoires kafkaïennes de « vols d'identité » permettant des manœuvres frauduleuses ne fait qu'accentuer cette peur.

La sauvegarde de notre identité fantasmée viendrait alors d'un monde avec plus de règles, plus de « précautions », plus de limites et d'interdits, plus de normes, plus de régulation, plus de prévisibilité, plus de sécurité, cela à l'infini et jusqu'à produire en réalité de nouvelles formes de paranoïa, un monde aseptisé, coupé jusqu'à l'absurde du rêve des explorateurs et des inventeurs, devenant toujours plus anxiogène. Alors resurgiront toujours les coupables parfaits, victimes des frustrations inexprimées, des simplifications hâtives, du mal de vivre qu'il faut pouvoir reporter sur un autre : étrangers ou émigrés, riches ou patrons, Juifs, Musulmans ou Tziganes.

Comment réagissons-nous face à l'inacceptable ? Aux expéditions punitives et aux chasses à l'homme après d'odieuses rumeurs d'enlèvements d'enfants par des Roms en Seine-Saint-Denis, propagées sur les réseaux sociaux, réactivant la fameuse poussée délirante de la « rumeur d'Orléans » qui toucha les Juifs soupçonnés d'enlever des femmes en 1969 ? À quelques jours des fêtes de la Pâque juive, comment ne pas y entendre l'écho d'autres contes sauvages, d'autres histoires à dormir debout aux conséquences si dramatiques, à propos d'enfants chrétiens qu'auraient assassinés les Juifs, parce que leur sang servirait à la confection des traditionnels pains azymes que nous mangeons durant cette période en commémoration de notre antique sortie d'Égypte ?

Terribles allers et retours, des gens du voyage aux Juifs errants, ces procès en altérité ne cesseront-ils jamais ? En lieu et place du conventionnel mais si nécessaire « Plus jamais ça ! », nous faut-il vraiment nous résigner au cynique et triste « Encore et toujours ça » ? Sonner régulièrement l'alarme, au coup par coup, ou attendre patiemment que la bête meure avec le tarissement de son venin, comme l'épuisement des mines de charbon a rendu obsolète le canari qui dans sa cage alertait les mineurs de fond de l'imminence des coups de grisou ? Quels coups de grisou se préparent cette fois-ci ? Et donc, question plus importante encore : que faire, prévenir ou guérir ? Je considère qu'il faut agir en amont *et* en aval – prévenir *et* guérir.

Depuis quelques mois, que de statistiques consternantes et de sordides incidents qui démontrent l'actualité de cet étrange phénomène de l'antisémitisme, si difficile à définir dans le renouvellement sémantique constant et erratique qui le caractérise (judéophobie, antijudaïsme, antisionisme), et qui, par-delà son histoire tragique, porte à leur point d'incandescence les ravages du racisme et de la xénophobie ! Les épisodes récents, qu'il est inutile de rappeler ici un par un, ont provoqué immédiatement, une fois de plus, un sursaut d'analyses souvent plus intelligentes et érudites les unes que les autres, un regain de soutien public, médiatique et politique, hélas trop récurrent pour être pleinement réconfortant.

Ces deux types de réaction (plus que d'action) répondent certes pour le premier aux besoins et mécanismes d'introspection de ceux qui font profession de penser, et pour le second aux réflexes ou calculs de ceux qui font métier de faire savoir et parfois… de faire. Entre ces professions – toutes de foi ? – et ces condamnations – toutes dénuées de compromissions ? – se glissent aussi dans la partition des notes discordantes et des silences « assourdissants ». La permanence de l'antisémitisme marque la limite des exhortations devenues trop traditionnelles et des incantations, même et heureusement demeurées les plus sincères.

L'antisémitisme se loge dans tous les refus contemporains. Ainsi des antispécistes ont-ils osé comparer les abattoirs animaux à Treblinka, et même à un « Treblinka coté en Bourse ». Cette comparaison révulse. Non pas que doive indifférer la souffrance animale ou qu'elle indiffère au judaïsme, dont les lois d'abattage rituel visent précisément à rendre aussi rapide et indolore que possible la mise à mort des animaux de boucherie. Mais, de même qu'il y a des mots-valises et des mots croisés, il y a des mots sanctuaires.

Leur sanctuaire, les Juifs l'ont placé dans leur espérance depuis deux mille ans et la destruction par les Romains du second Temple, sans jamais l'abdiquer dans leurs rêves et leurs prières. Mais ce sont précisément les mots, et même les lettres qui les composent, et parfois plus encore les silences les reliant, qui sont devenus le ciment et le mortier de ce peuple.

Treblinka est un mot sanctuaire. Là où l'horreur a atteint son point d'incandescence absolue, il n'y a plus de terreau pour les déclinaisons, les conjugaisons, les qualificatifs et quelque figure de rhétorique que ce soit. Dans le silence des mots indicibles doit régner la mémoire ; sa petite flamme doit s'y entretenir sans étouffer l'écho lointain de la douleur passée et, plus proche, des douleurs si souvent ailleurs encore présentes. Il ne faut pas profaner et banaliser la tombe anonyme et collective des victimes d'une idéologie barbare ayant précisément voulu briser la continuité de l'espèce humaine, y dresser d'infranchissables barrières de sang, en nier la profonde solidarité, l'homogénéité absolue de tous ses membres par-delà les couleurs de peau, les origines et les croyances.

Quant à évoquer un Treblinka « coté en Bourse » – ce que même Charles Patterson, avec son très dérangeant *Un éternel Treblinka* parlant de la souffrance animale, n'avait pas osé –, c'est ranimer des associations et des images mentales renvoyant aux stéréotypes les plus vils. Consciemment ou inconsciemment ? Dans les deux cas, nausée. Il y a des mots qui tuent, et même les mots sanctuaires peuvent faire boomerang. Qu'un silence recueilli les recouvre à nouveau, eux et ceux qui les proféreraient sans foi ni loi.

Sans épiloguer sans fin sur les causes de l'antisémitisme – anthropologiques, philosophiques, religieuses, psychanalytiques, économiques, géopolitiques, sociologiques, et l'on en passe ici sans doute –, précisément parce qu'aucune conclusion et aucun traitement ne semblent devoir en émerger, il faut hélas regarder en face le phénomène antisémite et raciste pour ce qu'il est, et pour ce qu'il a probablement été de tout temps. Il faut voir ce qu'il est dans sa virulence, dans ses mutations apparentes ou réelles, dans son extension, dans sa récurrence, dans sa permanence en définitive : un phénomène épidémique, viral, développant ses propres mécanismes de défense, de reproduction et d'adaptation. Et considérer qu'en dernier ressort il s'agit, à l'échelle de l'Histoire et de l'humanité, d'un problème de santé publique, rétif aux pharmacopées classiques de la morale, de la raison, de la science comme de la coercition ou de la persuasion.

La pathologie de l'antisémitisme et du racisme comporte des foyers, des vecteurs et des cibles, exactement comme tout virus a des réservoirs, des porteurs sains ou contaminés, des processus de transmission et d'infection, et fait, *in fine*, des victimes. L'antisémitisme et le racisme sont des virus. Ni plus, ni moins. Des virus de l'âme. Peut-être les plus anciens des virus de l'âme.

Je crois surtout que la seule « victoire » possible contre eux sera spirituelle, qu'elle passera par un progrès moral de la société dans toutes ses composantes, qu'ils ne sont que l'éternel symptôme d'un vieux malaise, d'un mal-être terrible et atavique de notre monde, et que c'est à celui-ci qu'il faut sans relâche s'attaquer, sans quoi toujours le symptôme reviendra.

Mais, pour ce que cette comparaison avec le monde biologique a d'imparfait, il n'empêche que parfois le virus mute, pour survivre, pour s'attaquer à de nouvelles cibles ou suivre ses anciennes cibles au cours de leurs propres mutations. De nouveaux chemins de contamination se découvrent, se dévoilent. Parfois le virus s'adapte, emprunte de nouveaux circuits de propagation, tels ceux que lui offrent depuis quelques années Internet et les réseaux sociaux. Avant ceux-ci et dans des temps qu'on croyait révolus alors que leurs traces resurgissent sans cesse, on détournait déjà les « nouvelles » technologies : vitraux, enluminures, pamphlets, libelles et autres Protocoles de pseudo-sages, presses de Gutenberg, moyens radio ou de cinéma au service des propagandes totalitaires qui ont défiguré le XXe siècle…

Ce ne sont évidemment ni les hommes et les femmes contaminants ou contaminés, ni les montures qu'enfourchent ces virus, qu'il faut réduire à néant. Des vitraux aux réseaux, l'humanité a besoin des histoires qu'ils lui racontent. C'est au virus lui-même qu'il faut s'en prendre, sans cesse et sans relâche, comme on invente toujours de nouveaux antibiotiques pour affronter les nouvelles souches plus résistantes de maladies ancestrales. Cette crise antisémite culpabilise tous ceux qui sont exempts de haine. Comment pouvons-nous produire collectivement de telles atrocités ?

Si notre modèle de société est vérolé, obsolète, si nous en sommes tous responsables et comptables, c'est ce modèle même qu'il faut donc s'atteler à repriser. Un grand trou béant existe au point de suture entre la tradition et la modernité. Tous les monstres s'y engouffrent. Repriser, c'est reprendre et c'est recoudre. Trouver du fil et trouver de la force. Enfiler ce fil sur une aiguille et ne jamais renoncer à passer à travers le chas de l'utopie – si un monde sans antisémitisme est une utopie, celle-ci doit alors devenir partie intégrante de notre horizon.

Là encore, c'est à l'imagination qu'il faudra recourir pour ne pas lâcher prise. Il revient aux intellectuels comme aux politiques et aux experts sur lesquels ils s'appuient de concevoir la stratégie et de dresser les plans de guerre pour gagner ce combat, de réunir les ressources matérielles et cognitives nécessaires, de mobiliser les moyens et de les mettre en œuvre tactiquement. Lorsque le président Jacques Chirac a décrété qu'il n'accepterait plus le terrifiant tribut de 12 000 morts par an sur nos routes, il a mobilisé tous les moyens de l'État, la police, la justice, les industriels, et, grâce à cette fermeté de tous les instants, nous avons divisé ce chiffre par trois. Certes, les radars de l'âme n'existent pas, et c'est sans doute heureux. Et si je préfère préciser « sans doute », c'est que nos règles et nos lois, religieuses ou sociales, sont justement des sortes de radars qui nous alertent plus qu'ils ne nous sanctionnent. Ils sont comme un radar de recul qui me prévient que ma voiture s'approche dangereusement d'un obstacle. Et c'est justement ce que nous voulons rejeter, sans même nous en rendre compte, qui s'appelle la civilité, le respect, et qui nous permet pourtant de faire société.

Interdire que l'antisémitisme s'exprime ou se manifeste publiquement n'empêchera pas qu'il gangrène les esprits. Mais il faut être plus ferme sur ce point, car ce sera le début du rejet collectif nécessaire de l'antisémitisme, qui est un délit, pas une opinion. Comment l'être ? En exigeant réparation, plutôt que de s'abriter derrière la notion d'irresponsabilité. Dans l'affaire si tragique de l'assassinat de Lucie Attal-Halimi en avril 2017, comment pouvons-nous comprendre la décision ubuesque de ne pas juger le tueur présumé sous prétexte de « bouffée délirante » ponctuelle alors que les mêmes magistrats reconnaissent qu'il s'agit bien d'un crime antisémite ? Notre société aurait-elle si peur de reconnaître ses propres dérives qu'elle préfère sans cesse se voiler la face en nous parlant de folie et de déséquilibre là où il y a antisémitisme avéré ? Non qu'il s'agisse de réclamer la condamnation, mais seulement le procès : s'il doit y avoir irresponsabilité constatée au terme d'expertises psychiatriques et au regard du droit tel qu'il nous concerne tous et s'applique à tous, que ce soit alors à l'issue d'un vrai débat, avec la charge symbolique d'un tribunal et d'un jury populaire. Car, tant qu'il n'y a pas procès, non seulement il n'y a pas condamnation, mais il y a refus de reconnaissance de la gravité d'actes commis, sous « emprise » peut-être, mais doit-on déduire de cette jurisprudence que tout individu drogué serait doté d'un permis de tuer ?! Ce qui aurait dû constituer une circonstance aggravante semble ici se muer en excuse, redoublant l'accablement et l'incompréhension de la famille. L'essentiel est aujourd'hui que les suspects n'échappent plus à la justice, que la lumière soit faite, pleine et entière, publique et crue, sur de tels actes de haine.

Dans le cas des profanations de tombes, ne devrait-on pas imposer systématiquement des travaux d'intérêt général, la participation à la reconstruction des lieux saccagés, des semaines qui marqueraient les jeunes gens souvent impliqués, plutôt que d'attendre des années d'hypothétiques condamnations retardées par des affaires d'assurance ou limitées par du sursis ? L'honneur même des magistrats se manifeste par la manière dont ils doivent être capables de concilier la notion de justice et celle de réparation, sans rien ignorer de la douleur des victimes et de la charge puissamment symbolique d'actes qu'il ne faut pas laisser impunis, au risque de créer l'illusion qu'il s'agirait de « bêtises » comme les autres, alors que nous sommes en fait confrontés à la racine même du mal qui hante nos sociétés, ce rejet de l'Autre qui mène à sa négation pure et simple, à sa réification, à sa destruction.

De fait, ce fléau qui déshonore l'humanité et bafoue les principes sur lesquels nous voulons tous construire un monde meilleur ne pourra disparaître, ou du moins s'estomper, que quand la société sera réconciliée avec elle-même. En temps de crise morale autant qu'économique, il nous reste seulement l'arme ultime : celle du refus de l'indifférence – nos âmes, clamons-nous à la suite de Péguy, ne s'habitueront jamais.

Réparer la République

Petit éloge des couturiers

« Mais chaque jour, peut-être, on peut reprendre
le filet déchiré, maille après maille,
et ce serait, dans l'espace plus haut
comme recoudre, astre à astre, la nuit. »

Philippe Jaccottet, *Pensées sous les nuages*,
Gallimard, 1983.

Réenchanter l'État

L'enjeu est ici de ne pas revenir sur le constat – la peur, l'allergie au risque, le besoin de rêver, l'antisémitisme à combattre, les manches à retrousser, etc. : j'ai le sentiment que nous avons compris. Désormais, il faut imaginer des voies, définir une feuille de route, montrer que le possible est à portée de désir, avec des exemples concrets si possible, une sorte d'ébauche de programme humaniste.

La rancœur contre les pouvoirs supposés de ceux qui gouvernent est grande, ce qui augmente l'enfermement de chacun dans sa logique. Supposés, car, s'ils peuvent beaucoup, il nous appartient de mesurer aussi à quel point ils ne peuvent pas tout. Faut-il vraiment tout attendre de l'État sans nous confronter à nos propres habitudes, à nos peurs, à nos paresses et à nos impuissances ? Ne devrait-on pas plutôt songer à nous réapproprier le désir de changer le monde qui a si longtemps été le lot des conquérants ? Repenser l'État comme un facilitateur, un médiateur du génie des hommes, plutôt que comme le responsable en dernier ressort de tous nos bonheurs ou malheurs ?

Mais l'État, ce sont des femmes et des hommes qui vivent leurs propres aspirations, leurs propres besoins et exigences, et qui sont la personnification d'une grande et belle abstraction qui resterait, sans eux, assez impalpable. Il faut donc absolument repenser la formation des fonctionnaires, et des plus élevés dans la hiérarchie en premier lieu. En effet, chacun peut accepter une défaillance ou un manque d'un représentant modeste de la fonction publique, mais plus difficilement de sa noblesse d'État, de ceux qui incarnent réellement la République. Voilà pourquoi il me semble important, avant toute chose, de repenser la formation de ceux qui sont l'État, ceux que nous appelons la haute fonction publique et qui sont formés pour l'instant à l'ENA. Je ne postule pas pour diriger cette école qui est chargée, trop souvent, de tous les péchés du monde, mais je crois que nous devons réinventer la façon de servir la société tout comme nous devons réinventer la façon d'être citoyen, et cela passe par le symbole de cette école.

Ainsi redeviendra-t-il possible de répondre aux attentes de tous les citoyens sans tomber dans une forme de populisme. Faut-il supprimer l'école de formation méritocratique, c'est-à-dire profondément républicaine, issue de la volonté des Résistants de refuser l'entre-soi des époques passées, pour répondre à une demande jamais formulée ? Ni les Gilets jaunes, ni personne d'autre, ne réclament la disparition de l'ENA, mais un changement de politique, un tournant social, qui passent par une transformation de la formation à l'ENA, non par la suppression de cette école qui a focalisé toutes les critiques de manière un peu injuste. Il n'y a pas d'allergie populaire à l'ENA, mais une ambivalence, admiration et colère mêlées. L'admiration se porte sur les grands serviteurs de l'État, la colère concerne la façon dont les politiques publiques sont menées, trop loin du réel et sans que tous les hauts fonctionnaires assument leur rôle protecteur à la hauteur de leur vocation initiale. L'ENA représente un patrimoine et une « marque » historiques, liés dans l'imaginaire à de Gaulle et à Debré, au Conseil national de la Résistance et aux Trente Glorieuses. La supprimer, c'est s'asseoir sur cette histoire et cette fierté, mais aussi blesser tous les hauts fonctionnaires fidèles à son idéal, sans rien régler pour autant, puisque le sujet, c'est ce que l'on y fait et par quoi d'autre la remplacer.

Et puis, il serait dangereux d'oublier le point essentiel, qui est que les Français sont attachés au principe du concours, car, s'il ne fait pas tout – et nous savons la difficulté à accéder au capital social et culturel en amont –, il permet tout de même à des *outsiders* venus de province et des écoles moins prestigieuses que les grandes prépas parisiennes d'intégrer le « cœur du système », seule voie pour le réformer de l'intérieur.

À défaut de garder l'ENA, si l'enjeu est d'envoyer un signal politique de transformation profonde, il importe de se méfier des solutions en apparence faciles qui chercheraient à faire des serviteurs de l'État de simples managers, alors qu'ils sont l'incarnation même de l'action quotidienne de l'État. Autant la création des « tours extérieurs », qui permet de diversifier l'origine des membres d'un corps, est une bonne chose, autant la généralisation de ce modèle porte un risque de docilité envers l'autorité qui nomme. Les nombreuses écoles de commerce ou les modèles privés d'Institut du management public délivrent un vernis néolibéral qui remplace le contenu critique et culturel par les techniques de pseudo-management qui ont conduit au burn-out généralisé de la société.

Il faut plutôt opter pour une école envoyant le message fort qu'elle est l'École du service public. Pour ce faire, il faut encore améliorer la diversité des voies d'accès et viser un nombre de places également partagé entre les quatre groupes que représentent la voie externe (celle des jeunes étudiants frais émoulus de l'école), la voie interne (réservée aux fonctionnaires ayant déjà de l'expérience), le troisième concours ouvert au privé et le concours des docteurs d'université. Cela permettrait d'éviter la domination de fait, parce que numérique, des élèves externes les moins expérimentés.

Le mythe du classement, qui n'est pas un gros mot et qui est encore le moins mauvais de tous les systèmes républicains pour éviter la cooptation, ne doit pas être cassé, mais tranché plus tôt, par exemple au bout d'un an, en utilisant les notes de classement à l'entrée, les notes de la première année et les notes de stage. Ensuite, la deuxième année servira pour se former à un vrai métier.

Le contenu de la formation, et c'est le plus crucial, ne doit pas devenir une usine à gaz. Dès la première année, il faut susciter le « choc du réel » avec trois stages ouvriers du service public de deux mois chacun en milieu déconcentré ou décentralisé. En deuxième année, il faudra « inventer l'avenir » avec un tronc commun d'éthique économique et sociale et d'études de cas concrets, et des cours de fond avec les meilleurs experts, par filière (juridique, sociale, économique, diplomatique...).

Et puis créer la rencontre avec des âmes et des hommes, des femmes et des rêves. Lorsque j'étais à l'école rabbinique, les cours m'ont marqué, certes, mais jamais comme les rencontres avec de grands témoins qui sont venus nous faire partager leur expérience et nous servir de modèles, même lorsqu'ils œuvraient ailleurs que dans notre monde.

C'est ce type de formation qui redonnera humilité, humanité et émerveillement à nos futurs dirigeants.

Peut-être notre époque est-elle capable de nous offrir cet émerveillement : la possibilité d'influer sur le cours des choses sans être un despote, sans devoir en servir un, sans nous abaisser, nous rabaisser ou nous soumettre. Ce qui s'ouvre devant nous, c'est le champ des possibles, à l'heure où chacun peut s'emparer, non du pouvoir, mais d'une partie de celui-ci, cette partie qui sert à donner forme et chair à l'âme et à l'esprit de nos rêves. Qui se lève un matin avec une idée forte peut, ici et maintenant, plus que jamais sans doute, réussir à la mettre en œuvre grâce à l'intelligence collective. Encore faut-il disposer des moyens matériels pour trouver le temps de rêver, puis de transformer ces aspirations en réalité. C'est ici, bien souvent, que le réel nous rattrape.

Je crois que cette capacité à s'abstraire, non pas du réel, mais de ce qui nous est imposé, est au cœur du projet du judaïsme. Ainsi, pour l'art, voici ce que disait Leo Steinberg, le grand historien d'art américain d'origine russe disparu en 2011, dans le catalogue de l'exposition de jeunes artistes contemporains du Jewish Museum de New York en 1957 :

> Le judaïsme a survécu comme une nation abstraite et a prouvé, comme l'a fait l'art moderne, l'ampleur de ce qui était inutile et vain. J'ajouterais aussi que, comme l'art moderne, les pratiques religieuses juives sont remarquablement dépourvues de représentation [...]. Et si j'ai dit plus haut qu'il est difficile de devenir un peintre moderne, il est aussi un vieux proverbe juif qui rend compte de cette vérité. Cela peut également expliquer pourquoi autant de jeunes Juifs trouvent si facilement leur voie dans l'art moderne.

C'est l'une des particularités du judaïsme d'être, en effet, à la fois très sobre dans ses rites et riche de très nombreux rituels. Cette nouvelle forme de représentation du rêve comme un possible est totalement en phase avec la science moderne où, par exemple, la physique quantique nous propose deux possibilités potentielles, opposées et réelles, pour une même situation.

Mais, lorsque le réel nous rattrape et semble imposer sa loi d'airain, deux voies s'offrent alors à nous : celle du repli et de la seule critique, celle du réenchantement et de l'inventivité.

La première option est celle du ressentiment, de la rancœur et de la jalousie. Parce que nous n'avons pas tout, tout de suite; parce que d'autres ont plus facilement et mieux que nous accès à ce qui nous fait envie, nous nous réfugions dans la critique acerbe et la violence plus ou moins assumée. Or, s'il n'y a plus de confrontation des idées, il n'y a pas d'inventivité. Refuser le débat sous prétexte qu'il est inégal ou injuste avant même de l'avoir entamé, c'est s'enfermer dans la tour d'ivoire où finissent toujours par échouer les lâches et les autocrates. De même, exiger le débat, puis l'esquiver par mauvaise foi ou y imposer ses propres termes en faisant taire l'adversaire, c'est aussi se priver de la seule chance que nous ayons d'avancer ensemble, au lieu de constater en grognant que le monde va mal.

C'est d'ailleurs la véritable impossibilité d'aménager un débat serein qui pousse les médias à organiser des joutes artificielles, des combats de coqs, forçant les uns et les autres à hystériser leurs positions, leur laissant à peine le temps de s'exprimer. Dans ces conditions, l'on ne réfléchit plus à ce que l'on dit, mais à ce qui permettra d'écraser l'autre à défaut de le convaincre. C'est le règne de la *punchline*, laquelle peut relever de la fulgurance poétique dans le meilleur des cas, mais aussi et surtout de la « petite phrase » assassine destinée à laminer toute alternative et à tuer l'adversaire.

Dès lors, la tiédeur devient la règle de conduite des arrivistes et des prudents – ce qu'un philosophe québécois comme Alain Deneault a nommé le règne de la « médiocratie », ce culte du moyen terme qui n'est finalement qu'une manière d'élever la médiocrité au rang d'art de vivre. Le compromis et le désengagement se trouvent élevés au rang de vertus. Plus personne, sinon les plus avides de pouvoir ou les plus revendicatifs de tempérament, ne prend le risque de se singulariser. Celui qui parle n'est plus celui qui a raison ni celui qui veut prouver qu'il a raison, mais celui qui ose le premier s'emparer du micro. Que vaut alors telle parole publique que n'importe quelle autre peut doubler, remplacer, désavouer ? Les paroles qui viennent s'en vont aussi vite qu'elles se sont inscrites sur le paysage télévisuel. Chacun s'exprime en son nom propre, puisque personne ne prétend plus représenter personne – d'où l'illusion qui nous conduit à chercher des « porte-parole » au sein même des mouvements sociaux dont l'essence consubstantielle les amène à récuser cette notion.

Il suffirait presque d'avoir le sentiment que beaucoup partagent telle considération de café du commerce pour qu'elle prétende à la vérité de la majorité, jusqu'à ce que surgisse et s'impose une autre vérité. Qui veut gouverner en prenant le « Français moyen » pour boussole s'expose donc sans cesse à des déconvenues. La moyenne d'un jour sera le mensonge du lendemain, déjà surpassé par la vérité d'un surlendemain tout aussitôt effacée par quelque nouvelle actualité. Nous voilà pris dans un cycle qui ressemble à celui de l'éternel retour des vanités et des banalités ; ou, plutôt, à la ronde des ânes qui actionnaient les pressoirs de l'ancien temps. Chaque information tombe dans le pressoir comme une olive neuve que viendra broyer quelque prophète autoproclamé sur les ondes d'une chaîne d'information en continu, jusqu'à ce que l'huile des événements s'écoule au fond de grands bocaux que l'on peut ranger par taille et par modèle. Nul n'en consommera jamais, tant leur contenu sera vite périmé. Vite, il faut reprendre la ronde des ânes et celle des convictions tout aussi changeantes que la lumière du jour sur un champ d'oliviers.

Mais, en fait, le débat sur les « extrêmes » est difficile, car qui fixera la ligne rouge, la ligne de démarcation ? Voici que Raphaël Enthoven, le plus doué de sa génération, s'en va dialoguer avec Marion Maréchal, qu'Éric Zemmour flirte avec le FN, que le FN lui-même attire de plus en plus dans ses filets, y compris des personnes qui n'auraient pas imaginé porter ce choix il y a peu… Et du côté de Jean-Luc Mélenchon, qui à titre individuel s'est perdu depuis le 23 avril 2017 en s'enfonçant jusqu'à la lie dans ses haines et ses colères, se mêlent aussi les pires staliniens aux plus éloquents rêveurs. Les « extrêmes » ne le sont parfois pas plus que tel ou tel prétendant se maintenir dans le juste milieu alors qu'il penche très clairement, et parfois outrageusement, d'un côté ou de l'autre ! Le concept de « Français moyen » renvoie à un culte de la médiocrité dont nous payons cher les conséquences aujourd'hui, mais ne confondons pas la nécessaire « mesure » du plein soleil de midi de Camus et la « tiédeur » des idées. Il y a des *radicalités* (au contraire des extrémismes détestables) qui méritent d'être prises en considération.

Aujourd'hui, c'est la personnalité de celui qui parle qui le rend « fréquentable ou non » : ainsi, Thomas Piketty tient un discours ouvertement anticapitaliste et on l'écoute. Même débat sur le « populisme », dont on peut aussi se revendiquer sans être un aspirant dictateur, si l'on entend par là que le peuple a droit à la parole. En réalité, la seule ligne rouge se trace au cas par cas, entre ceux capables de se parler, avec bonne ou mauvaise foi, d'échanger des arguments de bon niveau, et ceux qui sont dans la violence pure et la domination par le complotisme.

Comment pourrions-nous élever le débat, en nous fondant sur une espérance plutôt que sur ce « plus petit dénominateur commun » que représente le compromis médiocre adopté dans l'urgence, pour satisfaire aux impératifs d'une actualité bientôt digérée puis reléguée dans l'oubli ? Comment construire un socle commun, tel que nous y soyons suffisamment bien installés pour ne pas désirer passer au sujet suivant, négligeant de mettre en œuvre ce que l'on avait promis, ne pensant déjà plus qu'à ce qu'on promettra ?

Décevoir n'est plus une politique d'avenir.

Ceux qui attendaient quelque chose des promesses de la veille n'accepteront plus de croire à celles du lendemain. La politique ne peut consister à occulter le temps long de l'action. Lancer des projets n'a de sens que si l'on va jusqu'au bout de leur logique, si l'on sait mesurer leurs effets, ne rien remettre au lendemain qui puisse commencer dès aujourd'hui. La procrastination ne peut être le lot des gouvernants. Les effets d'annonce non plus. Les plans, les rapports et les recommandations n'ont de sens que s'ils font l'objet d'un suivi. On croit encore bien souvent que rédiger de grandes lignes d'orientation stratégique, voire commander un rapport d'évaluation, peut tenir lieu de déclaration de politique générale. Or, ce n'est plus de déclarations que nous avons besoin, mais d'action.

Imaginer le futur, remettre cette imagination créatrice au pouvoir, c'est à la fois bousculer les habitudes et ne le faire qu'au nom d'une transformation suffisamment radicale pour en valoir la peine. Il est difficile, certes, de faire la part de l'agitation, cet autre nom de la communication, et de l'action, qui implique elle aussi de communiquer intelligemment – mais, c'est toute la différence, au service d'un réel que la parole sert à préparer, non à remplacer. La communication politique ne peut pas plus se substituer à l'action politique que la publicité ne peut remplacer un film, ou le slogan un poème. On veut bien voir une bande-annonce, on veut bien lire un bandeau annonçant l'« événement », mais à condition que l'épopée suive et que chacun y prenne sa part. Notre société gavée de papier pelliculé, de tweets, saturée d'annonces grandiloquentes et contradictoires, sans cesse ballottée entre *news* et *fake news*, est confrontée à son pire ennemi, qui lui est intérieur : l'impatience. Notre miroir nous renvoie sans cesse des images trépidantes, la catastrophe est toujours imminente, le réel semble tissé d'une succession de flashs qui nous éblouissent trop pour que nous parvenions à reconstituer la toile d'ensemble, à distinguer le tissu, à en apprécier les nuances et la douceur.

La voie d'entre les lignes

Si je devais révéler ma seule ambition, c'est ici que je la situerais, dans ce rappel à l'ordre d'un espoir qui transcende nos renoncements, qui n'ira pas sans dialogue, attention portée à l'autre – à chacun des autres de cette société dont nous peinons parfois à déchiffrer la multiplicité des parures, tant elle est désormais bariolée, à l'image de nos consciences et de nos identités multiples, superposées.

Et pourtant compatibles.

Car je crois à la possibilité de perpétuer des ponts partout où nous voyons aujourd'hui se défaire sous nos yeux l'étoffe même du monde, sous les coups de sécateur indélicats des tenants de la division sociale et de la colère stérile. De la même manière que nous avons su dépasser le culte de « l'art pour l'art » et avons besoin de retrouver du sens dans les œuvres qui nous touchent, il nous faudra surmonter la tentation de « la colère pour la colère », en tant qu'elle tourne à vide, au rythme des imprécations croisées de tous ceux qui s'affligent – à juste titre – en oubliant de nous dire et de nous montrer comment ils pourraient se réjouir.

Il n'est pas de politique qui vaille sans la capacité de prendre à bras-le-corps les sentiments les plus contraires et sans le désir d'embrasser la joie après avoir hurlé à la mort. Il est bon de dire ce qui va mal, et de laisser couler ses larmes. Il est encore meilleur, et surtout salutaire, de fabriquer ensemble des raisons d'aller bien, de canaliser les rigoles pour que s'écoule le chagrin, de construire des terrasses pour le bonheur et de lancer les grands travaux de l'espérance.

Il nous faut pour cela intégrer la tension éthique qui est au cœur de tout projet participatif. Si l'on veut qu'aucune opinion ne l'emporte sur les autres, si l'on cherche quelque chose comme la solution idéale, si l'on veut du moins fixer un tel horizon de travail, il nous appartient de conjuguer toutes les tendances, y compris les plus éloignées, sans renier l'humanité commune qui les habite. Voici le plus grand défi de notre époque : forger une pensée complexe qui ne soit pas une pensée facile. Ne pas toujours renvoyer des anathèmes (« populiste » ou « mondialiste », « réactionnaire » ou « bien-pensant ») au visage de ceux qui font l'effort de penser autrement. C'est exactement ce que propose le Talmud (Chabbat 33b) avec un débat entre trois rabbins, rabbi Yehouda, rabbi Yossi et rabbi Chimon.

> Rabbi Yehouda, rabbi Yossi et rabbi Chimon étaient assis, et Yehouda fils d'un prosélyte était assis près d'eux. Rabbi Yehouda dit : « Comme sont agréables les œuvres des Romains ! Ils ont construit des marchés, des ponts et des bains. »
>
> Rabbi Yossi resta silencieux.
>
> Rabbi Chimon fils de Yo'haï répondit : « Tout ce qu'ils ont fait, ils ne l'ont fait que dans leur propre intérêt. Ils ont construit des marchés, pour y installer des prostituées ; des bains, pour leurs plaisirs ; des ponts, pour y installer des péages. »
>
> Alors, Yehouda le fils de prosélyte alla et rapporta leurs propos, qui arrivèrent aux oreilles du gouvernement romain. Celui-ci décréta : « Yehouda, qui a fait des louanges de Rome, sera

loué ; Yossi, qui est resté silencieux, sera exilé, et Chimon, qui nous a méprisés, qu'il soit exécuté. »

Ce passage est d'une actualité stupéfiante – l'exécution mise à part… Georges Hansel, l'un des grands penseurs du judaïsme contemporain qui illuminait de sa sagesse les colloques des intellectuels juifs de France, explique ce texte comme une allégorie du capitalisme. Rabbi Yehouda considère que tous les progrès portés par Rome améliorent la vie quotidienne : l'urbanisme apporte de la richesse et des marchés, les ponts rapprochent et les bains garantissent la propreté et le confort. Il songe aux travaux titanesques que les Romains ont entrepris pour amener l'eau partout, avec des aqueducs aussi imposants que stratégiques. Son admiration est probablement sincère.

Rabbi Yossi se tait parce qu'il n'a rien à dire, ou plutôt parce qu'il soupçonne que sa parole ne changera rien à la situation. Son attitude est tactique ou stratégique, d'aucuns diraient fourbe ou pateline.

Mais rabbi Chimon estime plus franchement que Rome ne sert que son intérêt propre, que son but est de placer des péages sur les ponts pour gagner de l'argent, de favoriser la débauche dans les bains et la prostitution sur les marchés. Lui voit tout en noir, et toujours le verre à moitié vide.

Aujourd'hui, on croit entendre partout rabbi Yehouda qui chante les louanges du capitalisme en tant qu'il crée et apporte de la valeur, améliore le niveau de vie pour tous et, oserais-je dire en parlant des bains… défend la théorie du ruissellement économique. Il aimerait les *start-up* et la *French Tech*, croirait aux gagnants du progrès éternel, s'exprimerait peut-être en anglais en soutenant que le multilinguisme impérialiste est une chance pour le monde francophone. Attaché à l'ordre et aux garants de l'ordre, on l'imagine volontiers en ami des puissants – en tout cas, pas dans une posture d'opposant. C'est par ailleurs le plus grand et l'auteur de la Michna.

Rabbi Yossi ne dirait pas grand-chose, quant à lui, estimant sans doute que le capitalisme est le « pire des systèmes économiques à l'exclusion de tous les autres ». Il prendrait sa part des réformes indispensables, servirait fidèlement le pouvoir, persuadé qu'aucune parole juste ne peut ébranler les fondations de l'empire romain, la preuve en étant que même les Chinois en sont venus au « communisme de marché »… Et puis, nous le verrons un peu plus loin, il serait sans doute un tenant de TINA, *There Is No Alternative*.

Mais rabbi Chimon, porteur des élans altermondialistes, ne trouverait pas grand-chose à sauver dans le capitalisme, l'accusant d'exclure et d'opprimer, de brimer et d'abîmer, répétant que le seul moteur de l'entreprise est la maximisation des profits et que la marchandisation du monde mène inéluctablement à la monétisation des sentiments, à la prostitution des âmes et des corps voués au culte de l'argent. Il aurait des affinités avec les *zadistes* sans le dire et finirait peut-être en gilet jaune ou en garde à vue !

Et je suis très proche de la réalité, disant cela, car c'est ce même rabbi Chimon qui, pour se sauver, dut se cacher dans une grotte durant douze longues années en étudiant la Thora jour et nuit, et qui, lorsqu'il sortit, voyant des paysans en train de travailler leur champ, s'écria : « Ils délaissent la vie éternelle et se préoccupent de la vie transitoire ! » Son regard les foudroya, car il était inconcevable pour lui que l'on perde son temps aux choses de ce monde au lieu d'étudier la Loi. Alors une voix céleste lui ordonna de retourner dans sa caverne en lui disant : « Est-ce pour détruire Mon monde que tu es sorti de ta grotte ? »

Alors ? Entre les trois rabbins, faut-il choisir ? Sommes-nous toujours pris au piège, avant-hier des Romains ou des Barbares, hier du communisme et de l'anticommunisme, demain du racisme ou du multiculturalisme, aujourd'hui du capitalisme dévergondé ou de l'anticapitalisme violent ? Peut-on encore se souvenir de tous ceux qui osèrent ne pas prendre parti parce qu'ils déchiffraient la vérité (sans y renoncer jamais), également éloignés des partisans aux mains pures d'un camp ou de l'autre, et de leurs convictions trop enracinées pour évoluer ?

En pareil cas, et voici ce qui doit nous surprendre et nous arrêter, le Talmud ne tranche pas pour savoir qui a raison ! Ni Yehouda le pro-romain, ni Yossi le taiseux, ni Chimon le rebelle. Est-ce lâcheté, tartuferie ou courtisanerie ? Affrontons donc cette question, car elle importe.

On pourrait imaginer un texte recommandant la position du trop prudent Yossi ; mais il n'y en a pas. On se figure moins le Talmud nous orienter vers l'irénisme – car cela ne peut être du cynisme – de Yehouda, mais il pourrait en revanche défendre ouvertement Chimon, le futur condamné... Or, non, le Talmud ne recommande ni l'asservissement, ni l'indifférence, ni la rébellion ouverte. En fait, il nous emmène sur une autre piste. Une piste exigeante et difficile, car elle les englobe toutes et ne fait pas fi de la nature humaine, des divergences de vues et d'intérêts, de l'impossibilité de choisir, sauf « à la romaine » (qui veut trancher finit par tuer). Mais faut-il trancher ?

En réalité, le Talmud nous oblige ici à *penser ensemble* les trois rabbins, leurs trois opinions de concert. Le dialogue reconduit l'ineffaçable tension éthique entre rabbi Yehouda, chantre du capitalisme, et rabbi Chimon, porteur de l'éthique humaniste, avec pour clé de voûte de cette construction symboliquement intenable dans le monde réel la position médiane de rabbi Yossi, diplomate qui, à la manière d'un Fukuyama antique annonçant la « fin de l'Histoire », entérinerait la victoire de Rome et du libéralisme, du capitalisme pondéré et du réformisme plus ou moins maîtrisé. Ces trois voies réunies n'en forment qu'une : la quatrième.

Mon argument se situe justement dans cette finesse, qui comporte une part de rhétorique : la *somme des trois* produit une quatrième voie très différente, car les englobant, et donc la solution ne repose pas sur la seule voie médiane de Yossi.

C'est la dernière voie, la voie invisible, la voie d'*entre les lignes*, qui doit ici nous intéresser. L'absent du discours est celui qui récuse l'égoïsme, ne se contente pas du réel, et pourtant ne renie pas l'espérance. L'absent du discours ne veut pas être tué ou exilé, mais il ne peut pas se taire. Yehouda, Yossi et Chimon nous montrent tout ce qui leur échappe et qu'il nous appartient d'actualiser, nous qui ne vivons plus sous le joug romain. Sans s'ébahir et sans détourner les yeux, sans accuser la société tout entière au lieu de la réinventer, pourrons-nous emprunter ce quatrième chemin, le seul qui ne constitue pas une impasse ? Le labyrinthe de la modernité nous propose bien des trompe-l'œil : Yehouda, Chimon et Yossi siègent aux angles interdits du jeu, comme pour nous avertir qu'il n'est pas bon de s'engager tout entier sur la voie de la flagornerie, de l'amertume ou du silence. Ils nous aident à fabriquer la quadrature du cercle.

Ainsi suis-je prêt à défendre l'idée qu'il existe quelque part, peut-être encore trop imprésentable aux yeux de Yehouda qui aime la réussite, encore trop utopique pour convaincre Yossi qui aime le pragmatisme, encore trop incertaine aux yeux de Chimon le colérique, une quatrième voie qui n'est pas seulement la troisième, pas seulement celle de l'acquiescement inquiet mais buté aux contraintes du réel, pas seulement celle qui « se contente » de ce que l'on nous offre, qui satisfait ceux qui doutent sans se tenir prêts à tenter l'aventure pour ceux qui souffrent. La quatrième voie reste à venir. Encore un pas de plus, un virage dans le labyrinthe, un saut dans l'invisible me semblent nécessaires si nous voulons croire aux forces de la créativité tout en luttant sans trêve contre les injustices et les iniquités produites par le capitalisme.

Dans une tribune intitulée « L'utopie écologique séduit les Français » parue le 22 novembre 2019 dans *Le Monde*, l'économiste Philippe Moati, cofondateur de l'Observatoire Société et Consommation (ObSoCo), analyse le besoin collectif de notre société d'utopies qui puissent nous servir d'horizon. Il a mené une enquête approfondie auprès des Français afin de mesurer dans quelles utopies nous nous reconnaissions collectivement, et il apparaît que c'est l'écologie qui est le moteur à rêve le plus fort. Son résumé des trois visions possibles reprend, de manière très contemporaine, les trois visions des rabbins du Talmud sous la forme de trois utopies qui répondraient au supposé pessimisme de nos compatriotes :

> Il s'agit de l'utopie « techno-libérale », qui décrit une société hyperindividualiste organisée pour une croissance forte tirée par la science et la technologie, avec le transhumanisme comme point d'horizon ; de l'utopie « écologique », qui dépeint une organisation de l'économie et de la société tendue vers la sobriété, le « moins mais mieux » ; enfin, de l'utopie « sécuritaire », qui renvoie à une société nostalgique d'un passé révolu, attachée à la morale et à la tradition, soucieuse de préserver son indépendance économique et son identité face aux influences étrangères.

Ces trois modèles ont été présentés aux interviewés et c'est le modèle utopique écologique qui recueille 55 % des suffrages des Français, devant le modèle sécuritaire avec 29 %, et 16 % pour l'utopie techno-libérale qui souffre de la peur très importante de la transformation de l'humain.

À trop voir les choses de la même façon que d'autres avant nous, nous nous interdisons des possibles. C'est le retour à l'époque de la tour de Babel où « il y avait une seule langue et une seule parole » (Genèse XI, 1). Il nous faut donc accepter de voir ce que rien ne nous interdit de voir, de penser ce que rien ne nous interdit de penser, afin d'ouvrir de nouveaux possibles à partir de ce que nous connaissons trop bien et que nous ne savons plus voir autrement que nous le voyons.

C'est peut-être le véritable sens du « en même temps » qui propose simplement un autre possible que la sommation de choisir la droite ou la gauche et d'exclure immédiatement l'autre possibilité. Ainsi, choisir le bonheur est toujours une façon d'en refuser une autre part, souvent celle des autres, celle du partage. C'est d'ailleurs ce que nous devons regagner : notre part de recherche de sens. Je suis en effet terrifié par la propension de beaucoup d'expliquer ce que nous vivons sans nous laisser le loisir de penser autrement notre propre vie. Ou ce que tant et tant de concitoyens vivent en les sommant d'être ce qu'ils sont censés être. Certes, les sociologues se doivent de trouver des logiques et des masses, mais pourquoi enfermer chacun et chacune dans une assignation identitaire qui interdit toute réinterprétation personnelle de notre vie ?

Ainsi, lorsque nous allons chez le dentiste, même si le praticien nous administre un anesthésiant et nous explique du haut de son savoir, de ses longues études et de son expertise que nous ne pouvons pas avoir mal, c'est nous qui avons mal. Et, malgré ses quinze ans d'études et ses vingt ans de pratique, je suis un expert plus crédible pour ma propre souffrance que lui ou celui qui s'instaure expert. Il en va de même aujourd'hui où des experts nous expliquent que les données objectives de nos vies sont bonnes, et même plutôt meilleures que dans d'autres pays. Mais cela ne nous rend pas plus heureux, pour de bonnes et pour de mauvaises raisons. Pour de mauvaises raisons, car ce que nous avons, nous oublions de le considérer comme un avantage, puisque nous nous y sommes habitués. C'est, par exemple, le cas de la couverture santé, de la sécurité sociale, de la grande liberté de notre société. Pour de bonnes raisons, car la souffrance n'est pas relative à d'autres situations vécues dans le monde ou à des situations objectives ; elle est subjective, et avant tout une question de perception et de sentiment profond. Savoir que de terribles famines sévissent encore en Afrique ne donne pas moins faim.

Comparaison n'est pas raison, tout simplement parce que nous avons le droit ou plutôt la légitimité à raconter notre propre histoire et à lui donner un sens qui nous est propre. C'est aussi cela, la liberté que nous avons conquise. Avec la seule limite du réel. En effet, à trop interpréter et vouloir forcer le sens des choses, nous aboutissons à des impasses. Rien n'est pire que de jeter l'ancien monde et de ne rien avoir à proposer de mieux. Et il en va de même pour les rêves et les projets collectifs, qu'il est important de toujours réenchanter. C'est la fameuse promesse de Dieu à Abraham, qui ne lui assure pas la possession de tel ou tel endroit précis, mais l'engage à aller « vers une terre que je t'indiquerai ». Il y aura toujours une promesse, un horizon, un rêve.

Ce sont ces promesses et ces rêves qui ont disparu ou qui sont moins lisibles et compréhensibles par les citoyens de nos pays, et de France en particulier. La représentation est questionnée et le vote n'a plus le sens sacré que lui conféraient nos démocraties qui s'étaient battues pour l'obtenir. Les citoyens ont abdiqué ce droit en choisissant de plus en plus massivement l'abstention, ne faisant plus confiance à leurs représentants. Ce n'est pas, comme nous l'expliquent les politologues les soirs d'élection, de l'indifférence face aux enjeux de plus en plus complexes, c'est une forme lourde de désespoir, de désespérance et de sentiment d'abandon. Ce sont les Hébreux qui, devant la mer Rouge, font le choix du suicide, car personne ne semble vouloir leur tendre la main, personne ne semble comprendre leur abattement, leur anéantissement, leur découragement. Et il faut la force de Moïse pour oser leur dire de ne pas avoir peur, car c'est Dieu lui-même qui va les sauver.

Il nous faut entendre à nouveau cette assurance de futur.

Les technocrates si nécessaires, les spécialistes de tout et les pragmatiques occultent la dimension humaine de la politique par leurs solutions brutales ou compliquées, car il n'est pas pensable de devenir prisonniers de ces oracles sans vision, sans espérance et sans rêve. Sans humanité. Or, Moïse lui-même était confronté à cette question : comment expliquer aux Hébreux ce qu'ils devraient comprendre tout seuls, puisque témoins des miracles divins permanents ? En fait, Moïse fonctionne en binôme avec son frère Aaron, le Grand Prêtre, celui qui « aimait la paix, recherchait la paix et rapprochait les gens entre eux ». Et ensemble, l'un fixant un cap exigeant et un horizon à atteindre, l'autre expliquant les étapes intermédiaires au peuple, le choyant, l'aimant et le câlinant, ils faisaient avancer les Hébreux vers leur destin.

Mais lorsque Aaron est seul, parce que Moïse est sur le mont Sinaï, il n'y a plus personne pour fixer un cap au-delà des problèmes du moment, et le Grand Prêtre cède au peuple, à ses pulsions et à ses passions. Ce peuple a peur et veut un chef, qu'il exige d'Aaron : tous apportent leurs bijoux, les jettent dans un immense feu dont émerge un Veau d'or. Tous se prosternent alors devant cette idole dont ils sont certains qu'elle a la capacité de les ramener en Égypte. Aaron ne peut pas résister à la pression, car il n'arrive pas à proposer une réponse crédible à la peur du peuple. Cette réponse ne peut venir que d'un projet collectif, d'un horizon nouveau. Et, lorsque Aaron est mort et Moïse seul, c'est littéralement la révolte : s'il n'y a pas de Gilets jaunes, c'est uniquement parce qu'il n'y a pas de ronds-points dans le désert... Moïse parle de Terre sainte, de destin et de projet, et le peuple lui répond « cornichons et poissons », qui étaient, dans une belle et assez classique réécriture du passé, « gratuits en Égypte », comme nous l'avons vu. Moïse explique aux Hébreux qu'ils ont la chance d'avoir la *Manne*, un pain qui tombe vraiment du ciel et qui prend le goût de ce qu'ils veulent, mais ils lui répondent viande et liberté.

L'horizon le plus incroyable et le plus magnifique ne peut occulter, selon la belle formule de Levinas, « la sincérité de la faim et de la soif ». Et la situation la plus confortable ne peut remplacer un projet de société, une vision du monde. D'où l'enjeu majeur de la question contemporaine de l'écologie.

Au début de son histoire, le peuple hébreu est essentiellement nomade et tire sa subsistance de l'élevage des ruminants. Ainsi s'est forgée une relation très particulière avec le monde animal et plus largement avec la nature, création du

Tout-Puissant. C'est bien le sens de ce qu'Adam reçoit de Dieu comme feuille de route à propos de la gestion de la terre : « L'Éternel prit l'homme et l'établit dans le jardin d'Éden pour le travailler et le conserver » (Genèse II, 15).

Il s'agit pour l'homme de travailler la terre *pour* la conserver. Oui, il s'agit de conserver la terre dans sa diversité minérale, végétale et animale. Et un texte du Midrash, le commentaire allégorique de la Bible, ajoute même que Dieu présente à Adam toute la création, lui demande de nommer chaque chose, comme pour leur attribuer une vocation, et l'engage à ne rien saccager ou gaspiller, car personne ne recréera le monde si l'homme le détruit.

Le berger de la Bible est aussi porteur de valeurs humaines plus égalitaires, loin d'une société sédentaire qui hiérarchise les hommes et élève la possession au rang de valeur absolue. Ainsi, lorsque, après être devenu vice-roi d'Égypte, Joseph fait venir sa famille en Égypte, il la met en garde :

> Ce sera lorsque Pharaon vous appellera et dira quelles sont vos occupations, vous direz : « Tes serviteurs sont gardiens de bétail depuis leur jeunesse jusqu'à maintenant, ainsi que nos pères. » Afin que vous vous installiez dans le pays de Goshen, car c'est une abomination pour les Égyptiens que quiconque fasse paître les moutons (Genèse XLVI, 33-34).

Les Hébreux invités à séjourner en Égypte se tiendront ainsi à l'écart d'une société dont ils rejettent les valeurs, tenant à préserver un mode de vie authentique où les relations humaines sont simples, directes et rythmées par les saisons et les récoltes. Avec l'entrée en Terre promise, une société sédentaire s'installe et les Hébreux deviennent cultivateurs. La société du royaume d'Israël est essentiellement rurale. Beaucoup de lois bibliques s'appliquent aux mondes de l'agriculture et de l'élevage, et ces lois sont toujours respectées aujourd'hui sur la terre d'Israël. Ces règles ont d'abord une vocation sociale :

> Quand vous moissonnerez la récolte de votre pays, tu laisseras la moisson inachevée au bout du champ et tu ne ramasseras pas la glanure de ta moisson. Tu ne grappilleras pas ta vigne et tu ne recueilleras pas les grains épars de ta vigne. Abandonne-les au pauvre et à l'étranger (Lévitique XIX, 9-10).

L'agriculture, pilier économique du royaume d'Israël dans l'Antiquité, devient source et modèle d'une certaine justice sociale. Le paysan n'est pas propriétaire de la totalité des récoltes, mais doit en céder une part, certes faible, aux indigents. C'est ce rapport à une responsabilité collective envers ceux qui ont des manques ou des besoins qui fonde l'esprit de la société. Ce rapport à la terre permet aussi l'apprentissage de la notion de reconnaissance envers le Créateur et relativise le lien entre le propriétaire et la terre ou les troupeaux possédés. Ainsi, durant la fête du don de la Loi, les paysans apportaient leurs premiers fruits, les prémices, en offrande au Temple de Jérusalem.

> Tu prendras des prémices de tous les fruits de la terre récoltés par toi dans le pays que l'Éternel ton Dieu t'a donné et tu les mettras dans une corbeille, et tu te rendras à l'endroit que l'Éternel ton Dieu aura choisi pour y faire régner son nom (Deutéronome XXVI, 2).

Au moment où il va jouir du fruit de son labeur, le paysan apprend la reconnaissance envers Celui qui donne tout et le partage avec son prochain. La terre elle-même fait objet d'un grand respect qui se traduit par la loi de la jachère :

> Six années, tu ensemenceras ton champ; six années, tu travailleras ta vigne et tu en recueilleras le produit. Mais, la septième année, un chômage absolu sera accordé à la terre (Lévitique XXV, 3).

La terre n'est pas un simple moyen de subsistance, exploitable à souhait et totalement épuisable. Cette règle dite de *chemita* est aujourd'hui respectée, moyennant quelques aménagements liés à l'agriculture moderne.

Une autre loi est édifiante : celle du retour des propriétés foncières à leurs propriétaires ancestraux lors de l'année du Jubilé, tous les quarante-neuf ans. Cette loi évite les spéculations et les concentrations de terres cultivables. L'homme apprend qu'il n'est pas propriétaire, mais simple gestionnaire de la terre. Et même si cette loi n'est pas appliquée aujourd'hui, parce que techniquement très difficile à mettre en place, il y a toujours l'esprit de la loi qui rend chacun comptable devant les générations de ce qu'il fait de la terre.

Le peuple juif a connu deux mille ans de dispersion après la destruction du Temple de Jérusalem en l'an 68. Durant cette période, les Juifs n'ont plus eu accès à la possession de la terre, à quelques exceptions près, notamment au Moyen Âge, où certains Juifs possédaient des vignes en Champagne. Mais, imprégnés par les textes bibliques, ils n'ont pas moins gardé, par-delà l'exil, ce lien fort avec la terre. Les valeurs ancestrales du monde rural des Hébreux ont été intégrées depuis longtemps comme référence d'une certaine éthique juive.

Ainsi, le judaïsme porte dans ses racines bibliques l'idée d'une grande attention à la nature et une certaine conception de la dignité humaine. C'est cette écologie, qui n'est pas le rejet du confort et de la modernité, que le judaïsme prône et que notre société contemporaine cherche entre les diktats culpabilisateurs des uns et l'inconscience de la finitude de la nature des autres.

Tout se définit par le principe de responsabilité. Que cela provienne de la foi, du constat de la détérioration du monde ou de l'idée d'une écologie politique, nous sommes responsables de ce que deviendra notre planète, et cela devrait être un objectif global de toute action publique. Non pas pour faire de la nature une Gaïa moderne qui serait un absolu, mais simplement pour la transmettre aux générations futures afin qu'elles puissent elles aussi voir et connaître tout ce que nous avons vu et connu. Certes, nous transformons le monde par le simple fait d'en vivre et d'y vivre, mais cette transformation n'est pas la négation de ce qu'est fondamentalement la terre. C'est même notre humanité qui est en jeu, celle qui fait de nous les organisateurs ou les responsables du monde, capables de produire à partir de la terre et des éléments que sont l'air ou l'eau, mais sans jamais épuiser ces ressources. C'est une forme réinventée du *Tikoun Olam*, la réparation du monde.

Je ne veux certainement pas être bigot, mais tant la Bible, avec l'épisode du Déluge, que toutes les sagesses populaires du monde racontent une histoire où les eaux submergent la terre et ses habitants, et ce n'est pas à cause des gaz à effet de serre ou de l'agriculture extensive, mais toujours pour des comportements violents, niant le droit des faibles et des pauvres. Comme si l'éthique au cœur d'une société, consciemment ou non, définissait également le rapport qu'elle entretient à sa terre. C'est ce principe de responsabilité qui opère entre les hommes comme envers la nature par le pouvoir de création que l'homme a reçu.

Or, ce pouvoir de création, nous l'avons collectivement utilisé pour détruire plutôt que pour organiser, pour bouleverser plutôt que pour développer. Nous gâchons nos ressources au lieu de les protéger et de les employer à bon escient. Oui, nous sommes bien les utilisateurs de toutes les ressources, au mieux les affectataires, mais certainement pas les propriétaires, car, à chaque génération, c'est la suivante qui est la véritable détentrice de la planète – ne pas la transmettre à cette génération suivante, c'est la lui voler.

Devons-nous vraiment nous soucier du futur, alors que le roi Salomon dans son immense sagesse a affirmé (Ecclésiaste I, 4) qu'« une génération s'en va, une autre vient et le monde perdure » ? Il y a une forme d'orgueil à croire que, sans nous, le futur n'est pas assuré, alors que l'histoire du monde démontre que nous sommes toujours là, malgré tout. En fait, à chaque époque suffisent ses problèmes, sans avoir à porter ceux de nos descendants. Mais nous ne pouvons abdiquer cette responsabilité minimale d'au moins leur transmettre quelque chose qu'eux-mêmes pourront à leur tour transmettre…

Plus que de la matérialité, nous pouvons aussi, et plus sûrement, transmettre des principes moraux. Par exemple, l'idée biblique de la jachère, la *chemita*, qui oblige à cesser l'exploitation des champs et des cultures tous les sept ans afin de laisser se « reposer » la terre, nous appelle à considérer la planète comme une personne à qui nous devons donner un *chabbat*, un repos hebdomadaire. Et, surtout, tout le monde pourra consommer ce qui pousse cette année, en particulier les pauvres qui, cette année-là, seront traités comme les riches. Ces principes ne trouvent-ils pas à s'appliquer sous toutes les latitudes et à toutes les époques ?

L'intelligence artificielle

On a souvent opposé l'écologie à la technologie. Et pourtant, notre société va être profondément modifiée avec l'entrée de l'intelligence artificielle, l'IA, dans tous les domaines de notre vie, si ce n'est déjà fait, y compris dans la gestion des ressources de la nature. Nous pouvons considérer comme point de départ du concept d'intelligence artificielle l'article publié en 1950 par Alan Turing, « Computing Machinery and Intelligence », où celui-ci pose la question de savoir si les machines peuvent penser. Le terme lui-même est utilisé dans le milieu de la cybernétique en 1956, lors de la conférence de Darmouth, et Marvin Minsky définit l'IA comme la « science qui consiste à faire faire aux machines ce que l'homme ferait moyennant une certaine intelligence ». Le « Big Data » est l'immense quantité de données diverses et techniques permettant de traiter et de repérer des corrélations entre les données, ou de leur conférer une capacité prédictive grâce à des algorithmes. Ainsi, l'un de mes étudiants, jeune et brillant, arrive à « prédire » les locomotives qui tomberont en panne le lendemain en collationnant et en analysant la masse des données techniques des motrices.

Et si, ces dernières années, des succès spectaculaires ont laissé croire à l'avènement des promesses de l'IA – comme la victoire d'AlphaGo de Google contre le champion du monde de jeu de go grâce au *machine learning*, l'apprentissage automatique, ou Sophia, le premier robot humanoïde à être reconnu citoyen d'un pays, l'Arabie saoudite –, personne ne peut certifier si ce sont des épiphénomènes ou des phénomènes annonciateurs d'un changement de paradigme anthropologique.

En effet, l'invention de ces machines n'est que l'œuvre de l'homme et elles ne peuvent réaliser que ce pour quoi elles ont été programmées par l'homme. Il faut donc réfléchir dès leur conception aux interactions homme-machine et aux questions éthiques qui se poseront.

L'IA est l'exemple même du concept qui peut être bon ou mauvais en fonction de l'utilisation que nous en faisons, et il n'y a donc aucune raison d'avoir peur *a priori* de ces avancées.

Et pourtant, le Golem est présent dans nos esprits, et le judaïsme et le rabbin Loew de Prague ont réussi à faire craindre le dérapage d'une invention qui n'avait, au début, que des avantages : né de l'argile et du désir de son créateur, cet être artificiel est initialement pensé pour aider celui qui lui a insufflé la vie, comme il peut la lui reprendre. Nous avons toujours la crainte de voir la créature dépasser son maître, le serviteur devenir un monstre et le Golem nous échapper. Mais c'est oublier que la légende pragoise nous montre, bien au contraire, comment le fin rabbin avait prévu un moyen de « désactiver » sa créature pour la rendre inoffensive : il lui suffisait d'effacer la première lettre de son nom pour le ramener à la poussière. Rabbi Loew nous apprend en fait que, tant que nous maîtrisons les choses, nous ajoutons à la force brute de la machine notre volonté de construire, d'unir et d'élever l'espérance collective.

Certes, il y a toujours un risque que l'intelligence de la machine nous asservisse au sens où elle nous deviendrait indispensable, nous imposant des choix logiques en apparence, mais existentiellement absurdes. La seule réponse à ce dilemme repose dans les règles d'utilisation et les limites que nous pouvons fixer nous-mêmes à des usages délétères, sans jamais renoncer pour autant à la puissance d'inventivité et donc de survie que recèle la technologie quand elle est mise au service de l'humanité. Le génie humain s'est toujours développé sur des ruptures qui annonçaient de nouveaux mondes. En cela, nous avons bien suivi l'ordre divin de « faire », d'agir, de construire et réparer le monde. Faire, parce que lorsque la Genèse (de I, 1 à II, 3) nous raconte la création du monde, le dernier mot de ce récit est « faire » dans un verset qui dit : « L'Éternel bénit le septième jour et le sanctifia, car Il se reposa de tout le travail que l'Éternel a créé pour faire. » La forme étrange du verset s'éclaire si nous comprenons que Dieu a créé le monde et qu'Il nous appelle maintenant à faire à notre tour une forme de création. La suite de la création première. Mais toujours avec des limites, comme l'interdit de mélanger le lin et la laine, le raisin et le blé dans les champs, le lait et la viande dans nos assiettes. Et nous avons une preuve de la capacité permanente de l'homme à créer lui aussi, à partir d'un texte du Talmud nous expliquant qu'Adam découvre le feu – je n'ose dire invente le feu – le samedi soir, c'est-à-dire après la fin de la création divine. Nous savons tout ce que le feu apporte à l'homme dans sa maîtrise des métaux, sa capacité à cuire les aliments et son aptitude à détruire s'il n'est pas apprivoisé : nous saurons également apprivoiser l'IA.

Cette idée de découverte du feu par Adam m'intriguait jusqu'à ce que le rabbin Gérard Zyzek, de la Yéchiva des étudiants, qui accepte de commenter régulièrement pour moi des pages du Talmud en les faisant résonner avec des concepts très contemporains, m'explique de façon lumineuse ce passage du traité Pessahim 54a. En fait, le feu (et le mulet, qui est un croisement entre un âne et une jument) fut pensé la veille du premier *chabbat* et, dès la fin du jour sacré, Dieu donna l'intuition ou la compréhension à l'homme, ce qui permit à celui-ci de prendre deux pierres, de les heurter l'une contre l'autre et de « découvrir » le feu. Nous voyons bien que l'homme a vocation à poursuivre les désirs de Dieu pour ce monde, pour continuer Sa création. Ou, plus exactement, pour ne pas se suffire de Sa création et y apporter sa capacité à faire advenir des potentiels.

Beaucoup voient dans l'intelligence artificielle une menace contre notre humanité et notre société, tandis que d'autres y voient, au contraire, la « Terre promise » où disparaîtront maladie, pauvreté, peur et souffrance. Il est vrai que l'IA soigne et améliore le diagnostic de nombreuses maladies ; que Watson, l'outil d'IBM, est une aide précieuse, pour ne pas dire indispensable, pour les médecins ; que Waze et d'autres nous guident dans les embouteillages bien mieux que nos cartes d'antan ; que certains mettent leurs amours dans les mains de Meetic, et que d'autres laissent un moteur de recherche choisir leur lieu de vacances et leur hôtel, ou leur lieu de résidence, s'ils passent par Airbnb. Bref, l'IA est déjà là !

Mais notre société ne sait pas gérer la superpuissance des entreprises qui touchent à ces secteurs, et cela crée des situations de déséquilibre que l'État ne parvient pas à réguler. Les plus forts sont plus forts encore, et les plus faibles plus encore écrasés. Notre vocation ne peut être simplement de se borner à se demander que faire lorsque l'IA sera là : elle est déjà à l'œuvre au quotidien.

Par-delà tous les progrès induits, il faut réinterroger la place de l'humain dans la chaîne de travail. Si, jusqu'à présent, chaque progrès prenait en charge des tâches de force, l'intellect n'était pas concerné. Or, l'IA vient maintenant concurrencer l'intelligence humaine, des services que nous pensions totalement dévolus à des personnes, et ce qui nous semblait faire des hommes les maîtres des robots : les choix et l'analyse.

À vrai dire, toute l'ambiguïté de l'IA vient du fait que le même mot décrit des réalités différentes : l'intelligence des machines n'est pas celle des humains. Tout ce qui provient de l'émotion, du partage et de l'interaction n'existe pas chez les ordinateurs. L'IA peut traiter plus de choses, plus vite et plus exhaustivement que nous, mais elle reste hermétique à ce que nous pouvons réaliser par la rencontre des intelligences humaines, par l'invention d'autre chose que ce qui a toujours été fait, par l'émotion et l'intelligence émotionnelle.

Mais, si la machine ne peut pas supplanter l'homme, peut-elle au moins le rendre meilleur ?

Si cette technologie nous fascine tant, c'est peut-être aussi parce que nous rêverions de lui confier les arbitrages que nous ne savons plus faire. Comment départager les rêves de 66 millions de citoyens pour obtenir un équilibre exact, parfait ? L'utopie technologique nous offre alors une échappatoire pour éviter l'aléa de la mauvaise décision, l'arbitrage injuste : l'IA saurait, elle trancherait à notre place, en notre nom, dans l'intérêt bien compris et bien pesé de tous. Voilà ce que nous attendons parfois d'elle, à la fois légitimement, puisque nous voulons ainsi concilier les besoins et attentes de chacun de la manière la plus rationnelle possible, et désespérément, puisque ce faisant nous finissons par confier notre liberté à des algorithmes. Cela ne peut fonctionner, car il manquera toujours à ces machines ou à ces programmes l'émotion, le cœur et l'espérance qui ne se mettent jamais en équations et qui sont enfants d'une rencontre toujours hasardeuse. Oui, le hasard est le propre du génie humain depuis qu'Abraham a su s'élever au-dessus de son destin, de son déterminisme, c'est-à-dire depuis qu'il est sorti de ce que l'évidence des éléments factuels de sa vie devait faire de lui.

Si la Bible (Genèse II, 17) parle de l'*arbre de la connaissance du bien et du mal*, rien n'interdit de lire que l'arbre de la connaissance peut être bien ou mal, selon l'usage que nous en ferons, et ce me semble être la logique la plus éclairée pour aborder l'intelligence artificielle.

De la transmission

Pour retisser des liens invisibles, tester la solidité de la toile, broder à partir d'elle, éviter les mirages de l'IA et demeurer ancrés au cœur de l'humanité, il nous faut devenir collectivement des passeurs, et donc réapprendre à transmettre, car cela est toujours le signe d'une confiance avérée en la génération suivante et, plus largement, en notre avenir. Mais que transmettre ? Et à qui ? C'est à ces questions que le Talmud répond par l'histoire de rabbi Yohanan, fils de Zakaï, qui sort de Jérusalem en flammes, détruite par les Romains, avec un rouleau de la Thora dans une main et un enfant dans l'autre. Il va, avec l'accord de Vespasien, fonder la maison d'étude de Yavné. Ce sera l'épicentre de la diffusion du judaïsme rabbinique jusqu'à nos jours.

Le rabbin Yohanan ben Zakaï porte des valeurs intemporelles, celles confiées par Dieu à Moïse sur le mont Sinaï, et il a un enfant, un avenir à qui transmettre cela. Cet enfant, c'est le lieu et le symbole du lien, du pont entre les valeurs du passé et les aspirations de l'avenir. Or, cette responsabilité de transmettre n'est pas aujourd'hui très valorisante, ni valorisée. Il suffit de voir l'image dégradée de l'Éducation nationale, malgré les efforts, les réussites et les miracles de beaucoup d'enseignants. Il faut retrouver cette envie de faire vivre ce que nous avons reçu en l'offrant aux générations après nous, tout comme nous devons transmettre notre planète aux générations futures. C'est exactement ce qu'a rappelé le pape François lorsqu'il a publié son encyclique *Laudato si*, juste avant la grande conférence environnementale COP 21 de Paris. Il a tourné le dos à l'interprétation chrétienne et repris le commentaire rabbinique qui explique, comme nous l'avons vu, le verset de la Genèse (II, 15) : « Je vous donne la terre pour la travailler afin de la conserver. » Alors que la traduction de la Vulgate avait introduit une notion de domination, c'est ici l'obligation de préserver les richesses de la planète qui transparaît.

Transmettre est l'impératif de l'humanité, comme le clamait Elie Wiesel : « Vivre une expérience et ne pas la transmettre, c'est la trahir. »

Peut-on transmettre des dénis, des mensonges? C'est ce que nous avons pourtant fait en France, parfois.

Si l'espérance du Conseil national de la Résistance et ses transformations radicales de notre société ont pu nous rendre la fierté, nous avons trop longtemps occulté la réalité de ce que fut notre histoire durant la guerre. Transmettre un mensonge est traumatisant et engendre de grandes souffrances psychologiques. Il en va de même pour une nation, et c'est pourquoi il faut rendre grâces au président Jacques Chirac d'avoir renoué publiquement avec la vérité, quel qu'en fût le prix, sur la déportation des Juifs de France. Plus que de cette terrible question, il s'agissait en fait de contempler la réalité en face et de savoir si nous étions capables de l'admettre pour l'intégrer à notre histoire, tout entière et sans jamais rien oublier.

J'ai ainsi toujours considéré qu'il était important de faire venir à Auschwitz, sur le lieu même du désastre, des jeunes et des moins jeunes, dans une forme d'universalité d'un groupe qui donnerait à espérer malgré tout en l'avenir. Et Dieu sait que c'est difficile en cet endroit d'abomination.

J'ai eu le privilège d'être accompagné en ce voyage par d'anciens déportés, et en particulier par le docteur Élie Buzyn, dont l'humanité et la sensibilité, la capacité à raconter et à nous protéger de la violence insupportable de ce que nous découvrons ont toujours représenté une chance inestimable pour tous ceux qui participaient à cette aventure humaine à la fois douloureuse et essentielle.

Natif de Lodz en Pologne, il avait onze ans lorsque les nazis ont abattu son grand frère dans ce qui devenait le ghetto de la ville. Il est, à cet âge, le soutien de famille, car ses parents sombrent littéralement devant cette violence. Pour sa *bar-mitsva*, à treize ans, sa mère lui dit ce qui sera son moteur de vie même au cœur de la nuit :

> La mort de ton frère est une douleur dont je ne guérirai jamais, mais sache que, quand on meurt, on ne meurt que pour soi-même. Moi, je ne survivrai pas à cette guerre, ton père non plus, et ta sœur est très malade. Tu dois tout faire pour rester en vie, essayer de retrouver mes frères à Paris et témoigner de ce qui nous est arrivé.

Seul survivant de sa famille après avoir été à Auschwitz puis à Buchenwald, il se jure de ne jamais retourner dans cette partie de l'Europe souillée par le sang de tous les siens ; jusqu'au jour où son propre fils lui fait part de son désir de se rendre à Auschwitz pour savoir où ses grands-parents avaient disparu. Il fait alors le choix de l'y emmener lui-même et accepte ensuite de venir régulièrement accompagner notre groupe de son humanité. Il y voit la possibilité de témoigner, de transmettre et de faire en sorte que les jeunes puissent devenir les témoins des témoins. Et il fait de même pour ses petits-enfants, puisqu'il a fait vœu de les emmener à Auschwitz à leur quinzième anniversaire, l'âge qu'il avait dans le camp.

Mais, par-delà le témoignage si fort et si humain d'Élie et de tous les survivants, il y a l'histoire racontée par les livres et les lieux de mémoire, et en particulier sur le site d'Auschwitz. Lorsque j'ai commencé les voyages de mémoire à Auschwitz en 2001, je me suis rendu compte que le pavillon français, conçu par le Centre régional de documentation de Besançon en 1974, racontait l'histoire de l'Occupation selon la vérité de l'époque, c'est-à-dire avec l'arrivée d'étrangers, les Allemands, qui auraient fait du mal, endossé tout le mal, y compris concernant la déportation des Juifs, alors que nous, Français, aurions tous été plus ou moins des résistants, finalement capables de libérer notre pays du joug étranger par notre seul engagement collectif.

Malheureusement, ce ne fut pas exactement comme cela que l'histoire se passa…

L'année suivante, en 2002, avec Roch-Olivier Maistre, alors conseiller à l'Élysée, Emmanuel Charron à Matignon, René Roudaut au Quai d'Orsay et Vianney Sevaistre à l'Intérieur, nous refîmes le voyage à Auschwitz avant de rédiger une note au Premier ministre Jean-Pierre Raffarin et au président Jacques Chirac. Nous demandions de faire coïncider la vérité énoncée par le président de la République le 16 juillet 1995 au Vél' d'Hiv avec ce que notre pavillon national racontait sur les lieux mêmes du massacre. C'est ainsi que le Premier ministre fit une annonce lors du dîner du CRIF suivant et qu'une commission fut créée. Notre pavillon fut inauguré par le président le 27 janvier 2005, jour du soixantième anniversaire de la libération du camp d'Auschwitz. L'histoire qui y était racontée rejoignait enfin celle que nous avions fini par admettre, en particulier après les travaux de Robert Paxton et Michael Marrus, deux Américains qui nous avaient aidés, parce qu'étrangers à notre roman national, à échapper à la *doxa* stérile, infantilisante et finalement tragique du « tous résistants » : qui ne sait ouvrir les yeux sur son passé ne peut prétendre faire mieux avec son avenir. Il fallait le dire, nous avions collaboré et, « ce jour-là, la France avait commis l'irréparable », comme l'avait reconnu avec beaucoup d'honnêteté et de grandeur Jacques Chirac. L'Histoire pouvait être enfin transmise. Non pas simplement pour battre notre coulpe, mais pour refuser l'indifférence, la haine, le racisme, l'antisémitisme, toujours présents et toujours à combattre.

Il peut y avoir transmission lorsqu'il y a cohérence et honnêteté, vérité et justice, car transmettre, c'est être responsable et confier à d'autres, après nous, cette responsabilité comme un flambeau qui oblige. C'est aussi le génie de Jacques Chirac que d'avoir organisé une magnifique cérémonie, en janvier 2007, d'hommage aux Justes de France, ces non-Juifs qui sauvèrent trois quarts des Juifs de France durant la Seconde Guerre mondiale au péril de leur vie et de celle de leurs familles. Notre histoire, toute notre histoire, peut être transmise lorsque nous n'en occultons plus ni les ombres ni les lumières. Il ne s'agit pas de juger, la mémoire collective l'a déjà fait, mais de tirer une expérience, un savoir, une force à offrir aux générations suivantes pour leur permettre d'en faire quelque chose. Elles gardent évidemment leur liberté de suivre ou non nos chemins, mais n'auront pas à les revivre à force de les nier. Pourquoi les laisser plonger à nouveau dans la haine ou dans l'indifférence, forces toujours sous-jacentes, tigres prêts à bondir sous le barrage civilisationnel que constitue la culture, si l'Histoire qui devient mémoire peut l'éviter ?

Cet impératif de transmission est au cœur du projet biblique : « Et tu l'enseigneras à ton fils, et au fils de ton fils. » Nos enfants et nos petits-enfants sont les garants de notre existence. Nous nous devons de leur raconter, de leur expliquer, mais sans les obliger à refaire les mêmes erreurs que nous. Ces générations ont la même liberté que celle que nous avons envers les générations qui nous ont précédés. Que constatons-nous aujourd'hui ? Que cette transmission se trouve, de fait, amputée. Ce qui passe encore de littérature et de rêve, de rapport à l'Histoire et donc à l'espoir, dans les grandes écoles et les lycées privilégiés, semble perdre du terrain dans certains territoires délaissés, où nous n'avons pas su mettre assez de moyens et d'organisation pour intégrer mieux, accueillir vraiment, donner également des codes et une langue, cultiver des repères et des bourgeons latéraux – ne niant pas les racines, mais développant des « couches » de culture complémentaire sur le terreau si fertile des identités complexes.

Et, sans même aller jusqu'à ces territoires, mes propres enfants sont plus intéressés par le jeu vidéo Fortnite et les réseaux sociaux que par la littérature et la lecture. Peut-être devrais-je essayer de les impliquer plus dans l'engagement au service de causes qui leur seraient chères, mais en attendant, sans littérature, sans culture partagée, il n'y a plus d'identités complexes ou multiples, mais une vision massifiée du monde et du rapport à l'autre : je le tue, je le *kill*, comme l'imposent les règles de Fortnite, ou je me reconnais totalement en lui et j'en fais un allié, un autre moi-même. Mais, dans les deux cas, je le possède, je le chosifie puisque je lui assigne son rôle.

Il nous faut oser envisager ce que nous transmettrons. Cette transmission qui offre aussi le pouvoir d'imaginer, pour ses enfants, un avenir meilleur constitue le principal instrument à même de combler ce décalage entre le rêve et le mur de la réalité que vivent tant de nos concitoyens. Nous qui savons si bien parler de nouveaux modes de transport plus futuristes et plus écologiques les uns que les autres, comment pourrions-nous ignorer ceux qui sont obligés d'utiliser leur voiture ou des transports en commun bondés pour emmener leurs enfants à l'école ou pour atteindre un hôpital ? L'onction du suffrage, même universel, ne peut pas dispenser de réaffirmer sans cesse le pourquoi de l'engagement du politique : le bien commun, tel que nous le recevons pour le transmettre à notre tour, tel que nous en profitons et désirons que d'autres puissent en bénéficier, commence bien souvent avec le simple service public des transports, de l'éducation, de la santé, de la police, de la poste…

Si une génération a obstinément voulu vivre tous ses rêves, sans toujours songer à celles qui lui succéderaient, nous nous réveillons tous avec l'air défait des lendemains de fête. Nous avons l'eau courante et l'électricité, les hypermarchés et la fibre optique, la société du spectacle et de la consommation, une forme de confort matériel, plus ou moins abouti certes, mais nous mangeons à peu près à notre faim – sauf quand nous sommes obligés de nous retourner vers les banques alimentaires – et nous avons un toit sur notre tête – sauf quand nous nous retrouvons à la rue sans l'avoir prévu. Nous avons des services sociaux et des salaires minima garantis, nous avons des associations qui œuvrent jour et nuit, plus ou moins aidées par l'État. Nous avons encore la liberté de critiquer, de manifester. Nous avons une société riche où nous avons cru l'abondance à portée de main, et pourtant nous avons perdu de vue l'essentiel : nos rêves et nos espérances.

« Rallumer les étoiles », pour employer la formule d'Apollinaire, est pourtant à notre portée. Désormais, sous la pression de la réalité économique, de la colère sociale, de la mondialisation, nous savons deux choses : que notre civilisation est mortelle, comme le disait Paul Valéry, et que nous pouvons la réenchanter en réapprenant à rêver et à espérer. Ce sera la seule façon d'échapper au constat que rien ne fonctionne et à la critique permanente des imperfections que nous identifions sans rien proposer de neuf. C'est d'allumeurs d'astres que nous avons besoin. En réfléchissant à ce que notre société pourrait devenir, avec enthousiasme et doute parfois, en ajustant le plus étroitement cette réflexion aux méandres possibles de la pensée, il me semble qu'il y a un chemin, un espoir fort.

Où la facilité pousse à hurler avec les loups, à critiquer ce que d'autres tentent, je propose plutôt de regarder en face ceux qui agissent et de leur faire savoir ce que nous aimons ou n'aimons pas, ce que nous croyons ou ne croyons pas, ce que nous voulons ou ne voulons pas. Avec courtoisie, détermination, tendresse même, faisons partie de ceux qui tentent de fléchir le texte et l'action, le discours et sa politique, pour qu'ils deviennent porteurs de futurs. Je ne cherche pas ce faisant à « gauchiser » ou à « droitiser » ma réflexion, mais, résistant à la tentation égoïste de croire moi aussi avoir mieux et plus raison que tous les autres, j'ai souvent, lorsque je ne trouvais pas assez de rationalité politique ou intellectuelle dans tel ou tel courant de pensée, basculé dans l'autre... donnant ainsi raison au président Macron, pour lequel, ainsi que je le disais depuis longtemps en me fondant sur l'expérience du Talmud, cette distinction n'est plus infranchissable, si tant est qu'elle conserve un sens.

Il est évident que l'on peut rêver autrement qu'avec Emmanuel Macron, c'est-à-dire en ayant d'autres rêves que les siens, et pourtant ce sont bien des rêves ! Ce serait d'ailleurs une piste pour comprendre de façon beaucoup plus optimiste le mouvement des Gilets jaunes et leur positivité : je ne crois en aucun cas qu'ils disent uniquement la peur, car ils racontent aussi l'appétit d'un autre monde dans celui-ci, et cela relève au sens propre de la « joie » que nous appelons de nos vœux. Ils peuvent être aussi des moteurs des forces du rêve et de l'imaginaire, car ils se sont débarrassés du logiciel du néolibéralisme, le fameux TINA, *There Is No Alternative*, alors que, comme rabbi

Yossi, j'intègre dans ma réflexion une part de pragmatisme prudent, sans renoncer à inventer une espérance qui nous protège des excès du néo-libéralisme.

Si beaucoup sont en plein accord avec ma logique « pour l'innovation politique et sociale », que je crois proche dans son essence de celle de notre président, j'accepte et demande même, fidèle à cet « accueil du regard de l'autre » que je défends et qui est si stimulant, qu'on me démontre qu'elle peut venir par un autre chemin. De même, je sais que notre société n'oblitère pas l'espoir, mais que tous ne le placent pas forcément dans la figure d'un jeune homme qui ne se présente plus comme porteur d'une figure paternelle, comme les pères des peuples qui l'ont précédé.

L'unanimité des hommages et la peine de tout un peuple lors du décès du président Jacques Chirac ont démontré combien la figure du père de la nation manquait et combien tous le pleuraient en tant qu'il l'incarnait. Cependant, voici que s'offre à nous un frère qui nous donne la main en nous poussant à nous faire confiance, d'abord à nous-mêmes : c'est sa force et sa spécificité, son charisme et son intelligence. Il n'est sans doute pas seul à en être porteur, mais il me plaît de penser que nous devons au moins les reconnaître pour pouvoir, éventuellement, prétendre un jour faire mieux que lui.

En fait, nous sommes aujourd'hui à un tournant bien décrit par la Bible (Deutéronome XXX, 19) : « Voici, Je place devant toi la vie et la mort, et tu choisiras la vie. » Ce choix de la vie n'est pas si évident, puisqu'il faut une injonction divine pour l'assumer. Il est en effet plus simple de se laisser aller à des pulsions mortifères qui se présentent tous les jours à nous, individuellement et collectivement. À la fin de la Bible, juste avant d'entrer en Terre sainte, le secret est là : choisir la vie. Choisir l'avenir, certes incertain, contre le passé, déjà dépassé et périmé, qui ne s'offre jamais une seconde fois.

Cet avenir s'invente au-delà des catégories dépassées de la sociologie électorale des Trente Glorieuses. Plutôt que de penser universellement, nous nous enfermons encore facilement dans des frontières qui, pour être celles de la patrie, ne signifient plus grand-chose face aux réalités des migrations, des politiques européennes, des contraintes économiques internationales. Il faut donc, d'une manière ou d'une autre, apprendre à penser au-delà des frontières, matérielles et immatérielles, de nos pays comme de la droite ou de la gauche. Pour nos choix environnementaux, pour la protection de notre maison commune qu'est notre planète, nous serons obligés de prendre des décisions au niveau mondial dans des instances comme les COP. Mais cette distinction droite-gauche, en particulier, parce qu'elle a structuré le débat politique français depuis la Révolution, est difficile à dépasser, et c'est pourtant ce qu'a réussi le candidat Emmanuel Macron. Une forme de retrouvailles de rabbi Yehouda et de rabbi Chimon, une façon de dépasser les clivages habituels ? Ouvre-t-il ainsi la quatrième voie qui intègre Yehouda et Chimon, Yossi et tout ce qui leur permet de construire un monde commun ? Le réel qu'il contribue à forger nous le dira.

Réinventer, donc défendre la démocratie

En attendant, il faut nous préoccuper d'un risque qui nous menace plus que nous n'en avons pris la mesure. La démocratie apparaît encore comme une évidence ou une donnée dans nos sociétés, mais de quel système démocratique s'agit-il ? Le désir de référendum est à double tranchant, puisqu'il relève évidemment d'un appétit bienvenu de participation, de mobilisation citoyenne et d'implication politique ; tout en donnant prise à toutes les manipulations électorales de l'opinion. Nous savons pourtant que cette logique de la peur du peuple poussée à son terme est sans issue : si nous avons peur de lui, nous finirons par lui interdire de voter. Il faut retrouver cette force de conviction, cette crédibilité et cet élan qui nous permettent de choisir ensemble. Lorsqu'un président de la Commission européenne affirme : « Il ne peut y avoir de choix démocratique contre les traités européens », nous sentons bien que quelque chose se grippe dans le fonctionnement de nos vieilles démocraties et que nous devons réajuster l'équilibre fragile des pouvoirs pour ne pas perdre notre droit à changer d'avis, à demander une Europe, oui, mais une Europe plus juste et plus harmonisée, plus attentive et moins lointaine. Il faut donc trouver un équilibre entre la démocratie représentative et la démocratie directe, sans qu'aucune des deux dénature l'autre.

Dans son travail très complet de 2019 intitulé *Démocraties sous tension*, la Fondation pour l'innovation politique notait en Europe une forte demande pour l'ordre et l'autorité. C'est-à-dire que, dans l'équilibre proposé par Hobbes dans *Léviathan* entre la sécurité et la liberté, la balance penche désormais du côté de la sécurité. Comme au moment du *Patriot Act* américain consécutif au 11 septembre 2001, nous serions prêts à accepter, au nom de l'ordre, plus de surveillance, même si c'est au risque de perdre certaines libertés.

Mais tout de même pas au prix de la démocratie ! Car nous avons beau le contester de toutes parts, même les partis classés aux extrêmes, gauche ou droite, revendiquent officiellement l'idéal républicain ! Ceux qui, à l'extrême droite, seraient tentés par les modèles nationaux-autoritaires des gouvernements que nous voyons fleurir dans le monde, ceux qui ont peur du déclassement, de l'étranger dont ils croient qu'il est à l'origine de leur déclassement, de l'avenir qu'on leur dépeint sombre, nous devons leur répondre sans mépris ni aveuglement, sans céder à la tentation d'invoquer les grands avantages de la mondialisation qui, certes, existent, mais pas pour eux. Nous devons leur répondre à leur hauteur, à celle de leur réel.

Le monde qui vient sera beaucoup plus anglo-saxon, voire chinois, comme le soulignait le président lui-même lors de la conférence aux ambassadeurs d'août 2019. Lorsque cette mondialisation permet d'exporter nos parfums, nos produits de luxe, nos voitures, nos vins, nos fromages, nos avions, nos chefs cuisiniers, nos TGV, de promouvoir nos sites touristiques si français et les plus populaires au monde, elle nous convient très bien. Mais dans d'autres domaines, et surtout pour gérer l'inévitable, nous sommes peu « agiles », comme on dit dans le monde des programmeurs, et pas toujours très audacieux lorsqu'il s'agit de sauver notre industrie. Cette part de la population qui suit le mouvement s'inscrit dans des établissements internationaux, part étudier à l'étranger avant de revenir (ou non), bénéficie pleinement d'un monde plus ouvert que jamais. Mais les autres ?

Chercher à les convaincre des avantages qu'ils ne peuvent constater dans leur vie quotidienne est vain. Certes, on peut toujours établir un SWOT, dans le langage des consultants, qui détermine les forces (*Strengths*) et les faiblesses (*Weaknesses*), les opportunités (*Opportunities*) et les menaces (*Threats*), pour avoir une sorte de vision globale de la situation : cette vision sera plus contrastée que ne le supposent les uns et les autres – comme une réunion de rabbi Yehouda et de rabbi Chimon. Et pourtant, il ne suffit pas de le constater pour répondre à l'attente de ceux qui attendent tout, de moins en moins de l'État, et de plus en plus d'un avenir qu'ils veulent à toute force imaginer autre et meilleur pour leurs enfants, quel qu'en soit le prix.

Quel qu'en soit le prix ? Justement, c'est sur cette notion que nous devons aussi travailler. Car même ceux qui croient n'avoir plus rien à perdre ne veulent pas forcément de la violence et de l'anomie qui menacent toujours les États sans socle commun. Ils demandent que les choses aillent mieux, se fassent autrement, se refondent autour d'un pacte incluant des valeurs humaines et spirituelles qui passent avant les valeurs économiques individualistes. À cette attente, il faut savoir répondre avec honnêteté et ambition, en ne se préoccupant pas seulement de ceux qui réussissent. L'État est attendu ici et maintenant, partout où ceux qui n'ont plus de forces sont prêts à jeter les dernières dans un combat forcené pour changer la vie : c'est à eux qu'il faut avoir le courage de s'adresser. En mobilisant largement, c'est-à-dire en prolongeant de toutes les manières le Grand Débat national, qui ne doit surtout pas rester un feu follet. Au-delà de l'urgence de communiquer, il y a une urgence de faire participer, sur le terrain, tous les hauts fonctionnaires à la réflexion sur l'action publique, en mesurant le gouffre qui sépare parfois la vision d'en haut de la vision d'en bas. Philippe Séguin, longtemps président respecté de la Cour des comptes, avait ainsi titré ses mémoires : *Itinéraire dans la France d'en bas, d'en haut et d'ailleurs*. Cela ne devrait-il pas être le parcours idéal de tous ceux qui souhaitent servir, en le réinventant, l'État ?

Mais il faut ensuite que des décisions et des changements profonds soient entrepris à la suite de cette réflexion, qui ne peut s'en tenir à brasser de l'air et des questionnaires. Sinon, cela contribue à dévaloriser l'action publique. Ainsi, la transformation du système scolaire que mène le ministre de l'Éducation nationale semble répondre aux critiques et aux demandes qui viennent, entre autres, du Grand Débat, ainsi qu'au constat fait depuis longtemps de la multiplication des inégalités à l'école. Il faudra aussi savoir entendre ceux qui soulignent la difficulté à appliquer l'idéal dans le concret, construire avec eux des solutions pragmatiques, ne jamais croire que la force d'une idée suffit à rendre possible sa mise en œuvre. C'est d'ailleurs à cette condition-là, la co-construction partagée, réaliste et humble des solutions, que l'on peut espérer des changements rapides, des résultats aussi tangibles que, par exemple, la prime de Noël des entreprises, qui fut une belle initiative et une belle réussite.

Du travail et de la dignité

Cela nous renvoie du reste à une essentielle réflexion sur la répartition des gains du travail entre les propriétaires, les actionnaires et les employés, seule à même de matérialiser la pleine reconnaissance de ce que chacun et chacune peut apporter à son entreprise. De ce point de vue, la participation à des plans d'actions pour les salariés est très importante. Et d'ailleurs, avec mon ami de la Congrégation de Saint-Jean, frère Samuel, philosophe et théologien, qui a publié, entre autres, *Le Travail à visage humain*, nous débattons souvent devant des chefs d'entreprise ou des DRH afin de réfléchir sur le sens à donner au travail. Nous sommes convaincus que c'est une clé majeure du contrat entre l'entreprise et l'employé.

De tout le livre remarquable et même, disons-le, prophétique de mes amis Luc Ferry et Nicolas Bouzou, *Sagesse et folie du monde qui vient*, par-delà le message d'espérance et de confiance en l'avenir que je partage au mot près, je n'ai trouvé qu'un point, mineur mais non négligeable, à réfuter : c'est celui qui consistait à faire de la pensée de Jacques Ellul un point de départ de nos réflexions sur le travail. Citons Luc Ferry, qui, je le sais, partage mon analyse, puisque c'est lui qui tient la plume :

> Selon Ellul et ses disciples, le travail ne serait en rien vecteur d'épanouissement de soi, il ne serait qu'une malédiction, comme le dit déjà la Bible, voire une forme particulièrement détestable d'aliénation – au sein du capitalisme, bien sûr, mais aussi dans le nazisme et le communisme qui reconduisent finalement l'idéologie funeste de la libération par le travail, le fameux « *Arbeit macht frei* » d'Auschwitz étant aux yeux d'Ellul le symbole le plus emblématique de cette supercherie[1].

Luc Ferry conteste cette logique en écrivant :

> Je reviendrai plus loin sur cette erreur totale d'interprétation du message chrétien et en particulier de la parabole des talents, qui contient, à l'inverse exact de ce que dit Ellul, une grandiose et insistante valorisation du travail.

Et, en effet, un peu plus loin vient cette interprétation de la fameuse parabole qui félicite les

1. Dans *Sagesse et folie du monde qui vient. Comment s'y préparer, comment y préparer nos enfants*, XO Éditions, 2019, p. 162.

travailleurs. Luc Ferry imagine ainsi une société où 70 % des gens vivraient grâce au revenu universel et seraient « tout à la fois dans une relative pauvreté, la perte de l'estime de soi et le ressentiment ». Le plus inquiétant, de mon point de vue, serait la perte de l'estime de soi. Ce que méconnaît peut-être Ellul ici, c'est justement l'interprétation juive du travail dans la Bible.

Lorsque Adam faute, l'Éternel s'adresse à lui et annonce ce qui va se passer :

> Maudite est la terre à cause de toi ; dans la peine tu en mangeras, tous les jours de ta vie. Et ronce et épine elle fera pousser pour toi, tu mangeras l'herbe des champs. À la sueur de ton front tu mangeras du pain, jusqu'à ce que tu retournes à la terre, car d'elle tu fus pris. Car poussière tu es et à la poussière tu retourneras (Genèse III, 17-19).

Le Talmud (Pessahim 118a) explique ce passage biblique de manière complètement opposée à ce qu'Ellul et la tradition chrétienne, surtout catholique, y ont vu. Loin d'assimiler le travail à une malédiction ou à une punition de l'homme, ce qui a fondé la théorie du dénigrement de la valeur travail, le Talmud relie les deux versets. Lorsque Dieu annonça à Adam qu'il aurait des ronces et des épines, rabbi Yéchoua explique que l'homme pleura et dit à l'Éternel : « Maître du monde, allons-nous, mon âne et moi, manger la même chose dans la même mangeoire ? » Alors Dieu lui répondit : « À la sueur de ton front tu mangeras du pain. »

Son âme retrouve alors la sérénité, car Dieu, loin de le punir, lui offre le sentiment de mériter ce qu'il va manger grâce à son travail. La sueur, le salaire, les efforts sont ici le signe de la réconciliation entre l'homme et son créateur, et certainement pas un signe de rejet de la valeur travail. C'est donc un vrai contresens que de voir une forme de malédiction dans le travail : il y a dans le travail – à condition bien sûr qu'il soit choisi, voire aimé, car le sens de ce que nous faisons est un élément important de notre accomplissement – la capacité pour chacun de changer la société, sa société, et de le faire au quotidien, comme une promesse d'humanité heureuse, de responsabilité envers les autres, de redistribution et de lutte contre la pauvreté. Le sens du travail est à chercher dans cette direction du sentiment du devoir accompli, du respect de tous les partenaires qui invite au respect de soi.

Le bonheur et la joie, à titre individuel et collectif, viennent toujours lorsqu'on a accompli quelque chose d'unique, de beau, de grand. C'est le pays qui, à travers son équipe de foot, gagne la Coupe du monde ; c'est le pays qui, à travers ses spationautes, se pose sur la Lune ; c'est le pays qui, à travers ses entreprises, donne à rêver au monde.

Lorsque j'étais au service des aviateurs de l'armée de l'air, le chef d'état-major avait coutume de rappeler, au cours de ses visites des bases aériennes, que tous les métiers d'une armée contribuaient à faire en sorte que des pilotes puissent voler : les cuisiniers, les mécanos, les armuriers, les contrôleurs aériens, les secrétaires, les aumôniers, les médecins, les pompiers, les fusiliers commandos, les gestionnaires, les comptables et les logisticiens – tous, même s'ils n'étaient pas dans le cockpit des avions avec les pilotes, participaient à leur mission. Et nous étions tous d'une certaine façon « en l'air » avec eux, grâce à l'application et au dévouement de tous.

Avec le terrible incendie de Notre-Dame de Paris, une très belle métaphore, attribuée par Boris Cyrulnik à Charles Péguy, est revenue nous faire réfléchir sur le sens à donner à notre travail, quel qu'il soit. Sur la route de Chartres, Péguy voit un homme qui casse des pierres à grands coups de masse. L'homme est en sueur, en rage et en nage. Surpris par sa mélancolie si visible, Péguy s'arrête et engage la conversation :

« Que faites-vous avec ces pierres, cher monsieur ?

— Vous le voyez bien, je casse des pierres, c'est mon travail. Et je souffre de la soif, de la faim, des mains et du dos. Si j'avais écouté mes parents, j'aurais étudié plus et mieux, et je n'aurais pas été obligé de prendre ce travail horrible et si dur », lui répond l'homme.

Un peu plus loin sur la même route, Charles Péguy voit un autre homme qui casse lui aussi des pierres, mais qui semble presque heureux – en tout cas, serein et concentré.

« Que faites-vous avec ces pierres, cher monsieur ? lui demande Péguy.

— Comme vous pouvez le voir, je suis casseur de pierres. C'est grâce à ce travail difficile que je subviens aux besoins de ma famille. En plus, je suis en lien avec la nature et il n'y a pas de raison de me plaindre, puisque j'ai un travail. »

Un peu plus loin encore, Charles Péguy voit un troisième homme qui casse lui aussi des pierres, mais qui affiche un grand sourire et qui travaille avec une joie visible et un enthousiasme communicatif.

« Que faites-vous avec ces pierres, cher monsieur ? lui demande Péguy.

— Je bâtis une cathédrale ! » répond l'homme.

C'est lorsque nous produisons du sens autour de notre activité, lorsque nous parvenons à dépasser les conditions d'exercice de notre travail quotidien, que nous pouvons transcender toutes les difficultés. Ce n'est bien entendu pas une raison pour abdiquer nos droits les plus élémentaires, salariaux et syndicaux, mais c'est un puissant moteur pour retrouver la fierté du travail accompli et refuser l'idée que le travail est toujours une forme d'esclavage. C'est sans doute pour cela que la loi Pacte entrée en vigueur en mai 2019 a introduit dans le Code du commerce la possibilité pour chaque entreprise de mentionner dans ses statuts sa « raison d'être », comme une sorte de but éthique qui transcenderait la simple maximisation des profits. Déjà, de nombreuses entreprises organisent des collectes de dons avec les arrondis des salaires des employés volontaires au profit de telle ou telle association dans un projet collectif qui fédère toute cette communauté humaine qu'est, avant tout, une entreprise.

En réalité, aucun système ne doit chercher à imposer le bonheur à quiconque. Cela serait impossible, puisque chacun a une définition personnelle du bonheur ; mais, pis encore, cela serait dangereux. Tous les régimes dictatoriaux ont voulu imposer leur vision du bonheur, faisant le malheur de tous. Un système politique démocratique doit surtout permettre à chacun et à chacune de forger son propre idéal du bonheur, et lui donner des moyens égaux de l'atteindre : maintenir la paix ; garantir une éducation qui permette de comprendre le monde, et pour cela protéger notre capacité à accéder au monde de la culture et des arts ; encadrer une économie qui ouvre d'autres perspectives que la seule survie ; assurer une sécurité sociale qui permette d'envisager le futur sans angoisse – voilà presque les seules, mais immenses obligations d'un État qui rendrait possible le bonheur choisi par chaque citoyen.

Le reste nous appartient : nous espérons que l'État limitera les agissements malfaisants des passagers clandestins de la vie publique ou économique, qu'il protégera notre liberté de mener notre vie à notre guise dans le respect absolu de celle des autres, qu'il sera une source de justice et compensera, s'il ne peut toutes les réparer, les injustices. Nous attendons aussi, et plus positivement encore, qu'il accompagne les meilleures initiatives de la société civile, agisse en facilitateur et en propagateur des plus belles idées qui émergent parfois bien loin de ses structures officielles, mais nous n'avons pas *tout* à attendre de lui.

Le vrai, le véritable bonheur réel, celui que chacun espère dans l'intimité, celui d'une famille en bonne santé, aimante, sereine, celui des choix personnels ou spirituels et des accomplissements par lesquels nous souhaitons ne pas trahir l'enfant ou l'adolescent que nous avons été, tout cela reste de notre responsabilité. Mais le cadre général, sociétal au sens propre, celui où nous nous exprimons publiquement comme citoyens, relève bien de la responsabilité institutionnelle. D'un grand État, nous n'attendrons pas qu'il rallume les étoiles à notre place, mais qu'il pousse des escabeaux sous nos pieds pour nous permettre de les atteindre, et qu'il rallume sans cesse la torche lorsque parfois les orages de la vie nous arrachent des mains les fragiles flambeaux.

L'un de mes chefs, lorsque j'étais dans les armées, avait l'habitude de dire que, pour être certain d'avancer, il faut se laisser pénétrer par l'immuable. Il expliquait ainsi que se projeter dans le futur, se construire un destin, implique de s'appuyer sur ce qui fait l'invariant du soldat, de l'armée, d'une société. Mais pour ce faire, en extrapolant à la France, il faut être capable de se réinventer en permanence. C'est la force de notre pays d'avoir toujours été capable de le faire. Et, chaque fois qu'il n'en a pas été capable, nous avons vécu des catastrophes. Il nous faut donc réenchanter le rêve qu'est la France et réinventer la République afin qu'elle soit porteuse de quelque chose d'intemporel, tout en étant en même temps dans la modernité. Ainsi nous projetterons-nous dans le futur grâce à cette part immuable que l'Histoire nous confie.

C'est ce que la France doit être capable de réaliser.

Le judaïsme puise dans cette capacité d'adaptation et de fidélité le secret de sa permanence et de sa pérennité, et l'exemple peut nous servir en

France, ce pays qui a fait des rois bibliques d'Israël le modèle de ses rois. Lorsque le Temple de Jérusalem fut détruit, c'est en valorisant l'étude des textes que le judaïsme s'est réinventé et a survécu pour être toujours présent aujourd'hui.

Comme je le disais en introduction, en tant que rabbin, je ne donne que rarement des réponses : cela serait chercher à imposer une doctrine, ma doctrine personnelle. Je pousse au contraire chacun à reposer, à reformuler ses propres questions pour faire émerger ses réponses, ses propres réponses. La chose la plus incroyable est de comprendre que le Talmud fonctionne de la sorte, en nous poussant à être capables de remettre en question même nos plus grandes certitudes.

C'est ce doute sur ce que nous croyons tous, ce doute qui est à l'opposé du doute instillé par la défaite du courage, que nous appelons l'éthique et qui s'appelait depuis toujours la circonspection.

Il est évident que nous pouvons remettre en question tous les credo que nous voulons, mais que nous ne pouvons vivre en dehors du monde tel qu'il est. C'est l'un des drames de cette affirmation si étrange, à la limite de la thaumaturgie : « C'est une décision politique. » Ce n'est pas parce que le politique décide quelque chose que le marché financier, les épargnants ou les entreprises vont forcément suivre. Certes, la politique était jusqu'à présent trop dépendante de la vie économique, et elle tente de s'en libérer. Mais elle n'est pas non plus toute-puissante. Le monde politique n'est pas l'épicentre autour duquel gravite toute la société, à l'heure où bien d'autres acteurs portés par la mondialisation sont quasiment indépendants des États et donc du politique. Nous le voyons aujourd'hui avec les GAFA, qui jouent les règlements des États les uns contre les autres et, ce faisant, se jouent de la souveraineté populaire.

Il ne s'agit surtout pas de prétendre que c'est la fin du politique, ni que plus personne ne se mobilise pour permettre et défendre l'engagement politique. La création si inattendue d'En Marche ! et sa stupéfiante réussite en sont la démonstration éclatante. Mais il est évident, et nous pouvons le regretter, que les partis politiques, les syndicats, les strates intermédiaires du pouvoir ne répondent plus aux questions de citoyens qui ne croient plus en l'axiome qui cristallisait toute la démarche politique – à savoir que l'idée du progrès était une alliance entre l'augmentation de la production et l'élévation du niveau de vie de l'ensemble de la société, soit par la redistribution, soit par la théorie du ruissellement.

« Vivre dignement » est la nouvelle revendication de beaucoup de nos concitoyens, sans jamais que soit réellement définie cette notion de *dignité*. En fait, il y va de la dignité du quotidien, c'est-à-dire de la conscience aiguë que nous avons de notre droit égal au bonheur et à ce qui le précède toujours – l'espérance.

De la laïcité

Rien n'est plus insupportable que l'immobilisme. Et quand bien même ne connaîtrions-nous pas exactement notre route, notre horizon ou notre but, nous serions comme Abraham à qui l'Éternel promet une terre « qu'Il nous indiquera ». À condition d'abandonner nos certitudes, nos travers et notre zone de confort, ce que la Bible formule en demandant au patriarche de quitter « ton pays, ton lieu de naissance et la maison de ton père ». Or, aujourd'hui, c'est un bras-le-corps direct avec certains défis qui s'impose à nous.

Ainsi le combat pour défendre la laïcité constitue-t-il une obligation nouvelle, car si ce concept était un pilier de la République peu discuté jusqu'en 1989, au moment de la première affaire du voile à Creil, qui débouchera quinze ans plus tard sur les conclusions de la commission Stasi, il est aujourd'hui au cœur de trop nombreux débats. La peur du communautarisme n'est que le constat de la déchéance du rêve républicain et, plutôt que d'engager le combat pour réenchanter le rêve et la République, nous préférons changer le sens de la laïcité. Nous frappons tous les cultes de peur de dire que nous avons laissé prospérer un islam radical et politique qui n'a plus rien à voir avec l'islam en tant que religion. C'est cette religion que nous devons aider à lutter contre ceux qui la dévoient. Mais nous devons aussi lutter contre la force du modèle anglo-saxon qui appelle une juxtaposition des communautés, et limite ce faisant notre capacité à encadrer l'exercice de pratiques religieuses ou culturelles mettant en péril notre société.

Notre fameux modèle fait moins rêver et l'intégration des nouveaux arrivants n'est plus automatique – elle ne constitue même plus leur objectif premier. À trop porter comme une obligation le fait de conserver une culture d'origine, nous avons oublié l'impératif de transmettre à tous les nouveaux arrivants notre culture, de Voltaire à Victor Hugo, de Rabelais à Baudelaire, de Louis XI à Napoléon, de Molière à La Fontaine, de Jules Massenet à Georges Brassens, bref, tout ce qui fait la France et qui fait de nous une nation. Il ne s'agit pas de renier sa propre culture, bien au contraire, mais de l'insérer dans les interstices de la culture française et d'y ajouter un supplément unique qui serait l'apport de chacun à ce rêve commun qu'est la France. C'est ce que le judaïsme a pu faire, sans doute aussi parce qu'il représentait l'une des sources vives du désir français de faire société, même lorsque cette société n'en était pas totalement consciente elle-même, qu'il s'agisse de nos rois prenant comme modèles les rois d'Israël, de notre Déclaration des droits de l'homme qui s'inscrit sur des Tables de la Loi, ou encore de notre triptyque républicain qui a tout du projet biblique. Et le judaïsme, interrogé par Napoléon sur le point de savoir quelle loi est supérieure, répondait, citant le Talmud, que « la loi du pays avait force de loi » (le célèbre « *Dina démalkhouta, dina* »).

Mais la laïcité n'est pas un outil de combat contre les religions. Ce serait oublier que la loi de 1905 fut une loi de liberté de la pratique religieuse, d'apaisement, la neutralité de l'État le conduisant à ne pas conférer à tel ou tel pratiquant une citoyenneté supérieure à celle du tenant d'une autre religion ou à celle d'un athée. Et inversement. Aristide Briand parlait en 1905, au cours des débats parlementaires, d'« une loi libérale, une loi de bon sens et d'équité, respectueuse de toutes les croyances et leur laissant la faculté de s'exprimer librement ». Et je pense même que cette loi de décembre 1905 permit plus sereinement aux magistrats de la Cour de cassation de blanchir définitivement le capitaine Dreyfus sept mois plus tard, en juillet 1906. Et encore, je ne devrais pas utiliser le mot « définitivement », car Charles Péguy a écrit en 1910 dans *Notre jeunesse*, à propos de l'affaire Dreyfus, pourtant clôturée plus de quatre ans avant : « Plus cette affaire est finie, plus il est évident qu'elle ne finira jamais. » Il en va de même du combat pour la laïcité.

En effet, pour parler de laïcité, il faut d'abord qu'il y ait des religions et des religieux ; sinon, c'est de l'athéisme. Oui, la laïcité de la France implique des citoyens qui professent des religions différentes et d'autres qui ne professent aucune religion, mais qui forment le rêve de fonder ensemble une société dans un espoir de cohésion, non pas juxtaposés les uns à côté des autres sans échanges, quand ce n'est pas opposés les uns aux autres. S'il me semble important de rappeler l'esprit de cette loi, qui est toujours d'actualité, il faut en préciser les contours afin de ne pas en faire une pomme de discorde entre ceux qui y voient un moyen d'oblitérer le religieux de la société, ou tout au moins de l'espace public, et ceux qui y perçoivent les Lumières de la tolérance, au sens de la liberté et du respect de chacun.

C'est l'islam qui nous a forcés à réinterroger un texte qui ne se discutait plus, tant il était évident. Aujourd'hui, certains renient cette loi, nous obligeant à la défendre, car elle est vitale, et donc à la redéfinir. Il n'y a pas de soumission du politique au religieux dans les lois du pays, mais chaque citoyen peut construire sa morale personnelle en se fondant sur ses croyances ou sur son humanisme. La loi le reconnaît et l'affirme, par exemple, pour des médecins qui peuvent utiliser une clause de conscience afin de ne pas pratiquer tel ou tel acte. Chacun trouve ainsi son équilibre dans le respect des convictions de tous et de la loi. Le principe est détourné de sa vocation lorsqu'il limite la liberté individuelle de celui qui veut concilier son engagement citoyen et sa foi. Lorsque le principe de laïcité est utilisé pour sommer quelqu'un de faire le choix de l'un ou de l'autre, c'est que la loi a été mal interprétée : son génie absolu est justement de ne placer personne face à ce dilemme.

Les rapports des Églises et de l'État, institués par la loi de 1905, ont été modifiés depuis cent ans et c'est ainsi que l'État a su développer au fil du temps une neutralité ouverte et bienveillante, tandis que les cultes ont appris à s'inscrire dans le cadre de la laïcité. Toutefois, ces progrès n'ont pas permis d'éviter le maintien d'une vision parfois réductrice de la « matière religieuse », généralement circonscrite aux seules activités cultuelles. Cette situation présente notamment l'inconvénient de se priver de la contribution essentielle que les religions pourraient apporter en vue du bien commun dans de nombreux secteurs – éducatifs, culturels, sociaux, etc. – où leurs objectifs rejoignent ceux de l'État au moment où celui-ci, confronté à une crise de transmission des valeurs morales, devrait pouvoir au contraire s'appuyer davantage sur les grandes religions, ainsi qu'il le fit par exemple avec le protestantisme pour aider à conclure les accords de Matignon concernant la Nouvelle-Calédonie en 1989, ou dans le social avec le Secours catholique, les Apprentis d'Auteuil ou, pour parler du judaïsme, avec l'OSE, le Casip ou l'Opej, qui tous œuvrent à la « réparation du monde » sans exclusion religieuse.

Un nouveau dialogue État-religions doit se nouer désormais autour de deux grands principes. D'une part, la liberté religieuse, conçue comme la possibilité d'exprimer librement et publiquement un acte de foi, doit être réaffirmée comme un droit, y compris dans le domaine de la pratique, à condition qu'elle ne contredise pas le credo républicain. Afin d'illustrer ce propos, si notre tradition juive nous oblige à inhumer un corps en pleine terre, nous nous plions bien évidemment à la loi républicaine et utilisons, comme tout le monde, des cercueils : les raisons sanitaires s'imposent. D'autre part, il nous faut refonder une collaboration active entre l'État et les institutions religieuses qui, en respectant l'autonomie de chaque partie, soit utile pour la société tout entière. Il ne s'agit plus de chercher ce que l'État doit donner aux religions, mais ce que les religions peuvent apporter à la société, et donc à l'État. Pour le judaïsme, la laïcité est le système idéal de société, et il importe aujourd'hui de vivre et de comprendre la laïcité comme la clé de la sérénité du vivre-ensemble, pourtant si fragile, de notre société.

La laïcité est la construction d'un monde où chacun est accepté pour ce qu'il est, où chacun respecte l'autre, car il lui reconnaît une étincelle divine et le même statut de citoyen. Le développement croissant du dialogue interreligieux et la compréhension mutuelle renforcée entre les différents cultes contribuent puissamment à conforter cet aspect des choses. Quant à l'État, les deux guerres mondiales, l'évolution intellectuelle et le rôle joué par les religions au titre des réalisations sociales et culturelles l'ont conduit à ne plus considérer la religion comme adversaire ou même concurrente à ses missions. Mais, alors même que les facteurs précédents concourent à une pacification des rapports religions-État, la société change en contestant la place traditionnellement accordée au religieux : le matérialisme tourne à la sécularisation extrême et, dans l'espace public, le religieux est de plus en plus marginalisé pendant qu'une crise de transmission affecte notre héritage culturel.

C'est au nom même de la laïcité censée défendre le droit religieux que d'aucuns veulent interdire tout acte religieux. Nous observons de temps à autre le retour de cette vision dévoyée de la laïcité, qui en fait n'en est plus du tout, lorsque, par exemple, il y a des examens le jour du shabbat, jour où un Juif ne peut ni écrire ni travailler. Lorsque nous proposons d'autres solutions, il y a deux attitudes : certains refusent absolument d'envisager quoi que ce soit, car « la laïcité est en jeu » ; les autres, conscients qu'il y va de la grandeur de notre République de faire coïncider l'impératif citoyen et l'impératif individuel, entre autres religieux, acceptent de chercher des solutions de bon sens et non dérogatoires, qu'en général nous arrivons à trouver.

Voilà qui oblige à redéfinir ce qu'est la liberté religieuse. Elle témoigne de la transcendance de la personne et de l'impossibilité de réduire l'homme à un objet interchangeable. S'il y a une transcendance républicaine que je connais et que je pratique depuis mon passage dans les armées, elle ne cherche pas à interdire une transcendance religieuse, bien au contraire, tant leurs buts sont communs. C'est cette même aspiration à la liberté religieuse qui fonde le refus de la confusion entre le spirituel et le temporel, et de l'inféodation du religieux au politique, ou inversement. Il faut rappeler que, s'il est important d'être protégé par des lois humanistes, la transcendance porte en elle quelque chose de plus ; et, dans un monde sécularisé à l'extrême, ceux qui ont souffert savent cette profonde vérité humaine : face aux tentations d'asservissement de l'homme par l'homme, l'hypothèse de l'existence d'une transcendance divine est un précieux garde-fou. Je n'oublie pas, encore une fois, la transcendance républicaine et l'humanisme qui poussent tant de personnes à se dépasser pour leurs prochains.

La grandeur d'un pays comme le nôtre, qui s'est fondé sur l'idée de la laïcité, est de n'avoir jamais demandé à un citoyen de se renier en quoi que ce soit dans sa foi pour être meilleur citoyen, de ne pas forcer à choisir entre pratique religieuse et citoyenneté.

L'État est bien placé pour savoir le profit qu'il tire, par exemple, de la prise en charge par les religions des œuvres de bienfaisance. Toutes ont en commun de mettre le service de Dieu en étroite relation avec celui de l'Homme. Mais, au-delà de ces œuvres bien connues, il conviendrait d'établir un état des lieux qui exprime clairement la contribution d'ensemble que les religions apportent pour aider la communauté nationale à progresser. C'est au titre de cette participation conjointe de l'État et des religions au bien commun que doit se concevoir la laïcité moderne. En effet, les religions sont promotrices de valeurs objectives, considérées comme essentielles et prioritaires pour l'évolution de toute la société, telles que la dimension spirituelle de l'existence, la paix, la justice, l'affirmation de la dignité de la personne humaine dans toutes ses différences, la protection des faibles, le respect de chacun, la valorisation de la famille comme cellule primordiale de la société, la construction de modèles de développement dans lesquels tous les citoyens peuvent être acteurs, la sauvegarde de la nature que le progrès doit respecter. En fait, les grands objectifs des religions dans le monde convergent avec les objectifs à atteindre dans le développement de toutes nos sociétés démocratiques.

Ce sont ces services qui démontrent combien il est important pour l'État lui-même que les religions puissent accomplir pleinement leur mission et combien il est justifié que l'État les soutienne, dans un esprit de coopération mutuelle, sur des points qui, de par leur nature, sont de sa propre compétence : ainsi des accords avec les principales confessions religieuses pourraient-ils être conclus en matière de défense et de promotion du patrimoine, de projets éducatifs et culturels, de création d'équipements, de politique de la jeunesse, d'aménagement du territoire, de développement durable et d'environnement, etc., afin que l'action des religions s'inscrive harmonieusement dans l'action institutionnelle de l'État.

Mieux, à l'image de ce que fait l'État en incitant au droit associatif ou au bénévolat, il devrait promouvoir la laïcité. Dans une telle perspective, il est légitime que les représentants des cultes soient consultés sur un certain nombre de textes comme les lois sur la famille, sur la vie, sur l'éducation et, plus largement, sur tout ce qui touche à l'humain. C'est parfois déjà le cas, et la présence des représentants religieux dans les grandes institutions de réflexion du pays en témoigne, mais il faudrait formaliser ces échanges. Sans être les seuls, bien entendu, mais sans être exclus. Ainsi serait-il normal que les instances religieuses participent en tant que telles aux grands débats sociétaux, familiaux ou bioéthiques.

Plus largement, la sécularisation envahissante de la société, en édulcorant la pratique religieuse des familles, a rendu très difficile la compréhension par la majorité de nos concitoyens des rites des uns ou des autres, et en particulier pour le judaïsme, que ce soit la nourriture, le respect du shabbat ou des fêtes. Par ailleurs, peut-on comprendre l'art sans connaître le fait religieux ? Qui est ce vieillard égorgeant un enfant ? Connaître l'histoire d'Abraham et d'Isaac, n'est-ce pas, finalement, de la culture générale ? Nos jeunes s'éloignent des grands auteurs, pétris qu'ils sont de symboles spirituels et hantés par le sens des choses. Et, à l'école, est-ce mieux de fêter Halloween que Noël ?

En fait, de la même façon que nous interprétons la Bible avec la Loi orale, la laïcité doit être sans cesse interprétée. C'est la promesse première de cette loi de 1905 qui avait vocation à permettre une société apaisée parce que faite d'échange et de respect. C'est cette laïcité qu'il nous faut réenchanter, celle des textes fondateurs, celle des esprits éclairés, celle des hommes et des femmes de bonne volonté, seuls capables de produire un vivre-ensemble à même d'enrichir la collectivité des diversités de tous.

Mais c'est le professeur Yves Gaudemet, membre respecté de l'Institut, qui m'a montré la voie de la réflexion sur la laïcité telle que nous devrions l'envisager. Elle est trop souvent présentée comme si elle n'existait que pour encadrer, contrôler et limiter le fait religieux qui, sans cela, ne ferait que perturber, s'opposer et miner la société et la République. Lorsque j'étais aumônier militaire, je partageais le temps des crèches de Noël avec les légionnaires et toutes les autorités municipales sans que cela soit perçu comme une agression gravissime contre le principe de la laïcité, car c'était une tradition qui ouvrait au partage. Et, dans les mairies, il y a eu débats et désaccords sur le même sujet, sans d'ailleurs que l'État donne chaque fois la même réponse.

En réalité, aucune crèche, aucun morceau de tissu ne menace la République – ou alors, c'est qu'elle serait extraordinairement faible. Certes, certains veulent l'attaquer et lutter contre ses valeurs et son projet de société, mais pas les religions instituées qui, toutes, ne demandent que l'application de la loi et du principe de laïcité.

Encore récemment, et comme de manière récurrente, nous nous étripions afin de savoir si des mères qui portent un foulard peuvent ou non accompagner des sorties scolaires. Alors que, en décembre 2013, le Défenseur des droits avait très clairement autorisé les sorties scolaires accompagnées par des mères voilées tout en suggérant de la discrétion dans la manifestation extérieure de la religion, nous repartons en guerre... pour arriver à la même conclusion. Mais, honnêtement, ces mères prennent de leur temps, de leur énergie ; sans elles, il ne peut y avoir de sortie scolaire, et nous viendrions exiger quelque chose d'elles ?

Si quelqu'un critique un comportement, non pas parce qu'il trouble l'ordre public – seule limite à l'exercice de la liberté religieuse –, mais bien parce que ce comportement viendrait du religieux, il se trompe de combat et méconnaît lourdement la finesse de la loi sur la laïcité. Personne de sensé ne veut, parmi les religieux français, revenir à une gouvernance cléricale de la société. Le Talmud affirme même le contraire, à savoir qu'il ne faut pas habiter une ville dirigée par un rabbin. Mais nous devons l'expliquer, et à mon sens plus fermement, à certains pays d'origine des Musulmans de France qui cherchent toujours à piloter « leurs communautés » dans des logiques qui interdisent l'émergence d'un islam de France. Cela dit, cet islam des ambassades ne peut exister que par la faiblesse des instances représentatives. Ou inversement...

Aujourd'hui, la question de l'islam n'est plus de débattre de la taille d'un foulard ou d'un maillot de bain, mais bien de laisser s'exprimer ou non une idéologie dévoyée qui tue et assassine en notre pays. Et nous devons utiliser nos lois et nos rêves pour combattre ce fléau. Mais lorsque le foulard sort de la sphère religieuse pour entrer dans le domaine politique, alors, et peu importe sa taille, il nous pose question. Voilà, d'ailleurs, ce qui le différencie radicalement d'une kippa ou d'une croix, même de grand modèle, car il n'y a, grâce à Dieu et en particulier en France, en général pas de visée politique avec l'une ou l'autre. Certes, dans la loi de 2004 sur les signes ostentatoires à l'école, les trois symboles figuraient, mais c'était pour équilibrer les choses entre toutes les religions et, osons le dire, comme une forme de « dégât collatéral » lié à la sensibilité de la gestion de l'islam.

Il ne s'agit donc pas aujourd'hui de refuser le pouvoir aux religieux – ils ne le demandent surtout pas –, mais bien de pousser l'islam officiel français à affirmer sa totale adéquation avec nos lois et notre mode de vie en ce qu'ils respectent la liberté de pratique religieuse. Ce que d'ailleurs nombre de Musulmans français vivent simplement sans même se poser de questions – mais ce serait plus clair si cela était affirmé. Ce fut le cas par exemple le 17 septembre 2019, par la voix du secrétaire général de la Ligue islamique mondiale, Mohammed Al-Issa, au cours d'une cérémonie portée avec lucidité et courage par Ghaleb Bencheikh. Il s'agissait de présenter un mémorandum ratifié en mai 2019 par plus de mille deux cents grands muftis et ulémas, représentant toutes les écoles et confessions musulmanes, et qui est, de fait, la seconde charte islamique après la charte de Médine, adoptée il y a plus de mille quatre cents ans.

À la suite de ma demande, lors de mon intervention, de voir nos concitoyens musulmans ouvrir la porte de l'*Ichtihad* (l'interprétation du Coran), reconnaître notre principe de laïcité, qui n'est pas de l'athéisme obligatoire, admettre nos spécificités françaises et rejeter l'islam politique, Mohammed Al-Issa déclara ceci :

> À ce sujet, nous voudrions insister sur la dimension locale de tout État, et par conséquent les règles juridiques de la Charia, les avis et interprétations des ulémas rendus en France, par exemple, doivent nécessairement différer de ceux qui seraient rendus dans un autre pays.
>
> En effet, chaque pays a ses spécificités juridiques, culturelles, coutumières, qui doivent être prises en compte dans la Charia islamique.

Nous aurions pu avoir une phrase plus claire comme, par exemple : « La loi républicaine doit primer sur la Charia », mais c'est une avancée remarquable sur la reconnaissance de nos spécificités, de notre histoire et de notre esprit français. Puis, concernant l'islam politique, Al-Issa explicita sa pensée :

> Au nom des peuples musulmans placés sous l'égide de la Ligue islamique mondiale, et des grands muftis et ulémas qui y sont affiliés, nous souhaitons exprimer notre plein soutien aux propos de S.E. Monsieur Emmanuel Macron, tenus dans son discours du mois d'avril dernier, au sujet de ce que l'on appelle l'islam politique qui, comme l'a si bien dit Monsieur le président de la République, constitue une menace, car il vise à créer des schismes au sein de la société. Oui, il y a des individus qui appellent à se scinder de la société, voire appellent à la guerre des cultures et des civilisations, en prenant la religion pour prétexte.
>
> Nos valeurs musulmanes invitent les Musulmans à respecter la culture de la majorité ainsi que les lois des pays où ils vivent.

Enfin, après avoir affirmé sa volonté claire de rouvrir la porte de l'interprétation des textes du Coran, le secrétaire général de la Ligue islamique mondiale rappela son credo :

> Il incombe aux Musulmans de respecter les lois et la culture des pays dans lesquels ils résident, et de refuser d'importer des fatwas et des idées d'ailleurs, car chaque pays a ses propres spécificités et requiert par conséquent des règles juridiques de la Charia qui lui soient propres.

> La Charte de La Mecque a mis l'accent sur un certain nombre de valeurs, dont les droits et les libertés, la juste égalité entre l'homme et la femme, son autonomisation, sujets qui vont faire l'objet d'une présentation par la suite.
>
> Nous appelons à respecter la culture et les décisions de la majorité et à ne porter en aucun cas, et sous aucun prétexte, atteinte à la cohésion nationale.
>
> Et, à cet égard, nous affirmons que toute forme de haine, de racisme, de violence, d'isolement, de mépris ou d'incitation au conflit au sein d'une même société signifie que nous nous sommes éloignés de la vérité, cédant à la pulsion du mal et renonçant à la pensée logique.

Ces mots et l'esprit de ce discours sont ce que nous espérons d'un islam français qui serait capable d'épouser les reliefs de la société et d'inspirer une espérance partagée par tous. Mais, pour des raisons de susceptibilités internes, aucun membre du Conseil français du culte musulman ne participa à l'événement, alors que fut dit ce que nous rêvons tous d'entendre de la bouche de nos amis, et que beaucoup le pensent très sincèrement.

J'ai entendu les critiques de certains contre cet ancien ministre saoudien de la Justice et sur le risque de « double discours » porté depuis longtemps par le wahhabisme. Chacun peut légitimement critiquer le système judiciaire d'un pays et son ministre de la Justice, mais Mohammed Al-Issa agit en ses fonctions de secrétaire général de la Ligue islamique mondiale et c'est l'interlocuteur pour ce qui est de l'islam dans le monde. Cet homme porte une vision sincère d'un islam intégré au monde moderne et, pour défendre les positions qui sont les siennes, et que j'ai résumées en quelques phrases qui peuvent nous sembler banales, il risque sa vie tous les jours. Je pense qu'il y a pour nous une ardente obligation d'aider les Musulmans qui font le choix de la République, qui font le choix du dialogue interreligieux, quand on sait qu'il est des endroits dans le monde où le simple fait d'apparaître à mes côtés serait impensable pour un dignitaire de son rang. Or, Al-Issa le fait et l'assume ; mieux, il le veut et le revendique. Je me dois, avec toutes les personnes de bonne volonté, d'aider à l'émergence d'un islam qui prône la fraternité avant tout.

Recréer du commun

Au-delà des questions religieuses et de laïcité, la démocratie ne garde son sens plein et entier qu'à condition d'être mise au service du bien commun. Encore faut-il s'entendre sur ce « Commun » auquel réfléchissent de plus en plus de penseurs et d'économistes. Notre quête de la vérité révèle sans cesse un décalage entre l'« opinion publique » et l'« expertise ». D'un côté, le mythe du micro-trottoir où chaque avis, si incertain et non fondé soit-il, vaut un autre avis, surtout si celui qui s'exprime porte l'onction de l'émotion, des larmes et de la souffrance, réelle ou supposée. On ne contredit pas un sentiment. On ne nie pas le ressenti de la relégation, de l'exclusion, de l'insupportable qui s'infiltre dans le quotidien. On ne discute pas avec la douleur, on la respecte. Oubliant de raconter ces vies parfois lourdes du manque d'espoir et de joie dans nos séries, nos romans ou nos émissions qui glorifient le succès et la réussite, il serait presque facile d'oublier qu'elles existent. C'est alors qu'on croit suffisant de faire appel aux « experts » qui viennent nous expliquer que nous n'avons rien compris à ce que nous croyions avoir compris, que le pouvoir d'achat va s'élever, que l'économie va mieux : peut-être, mais en quoi cela parlerait-il à nos âmes ?

D'où cet appétit désordonné de visibilité, ce surgissement foisonnant d'une opinion qui passait jusque-là presque inaperçue ou ne se prononçait pas sur des sujets politiques – si bien qu'on avait fini par la croire « dépolitisée ». Cette nouvelle parole politique, incompréhensible dans les termes habituels du débat partisan, trouve un débouché naturel sur les chaînes d'information classiques, mais aussi sur tous les nouveaux médias, curieux et attentifs dès que de nouvelles voix et de nouveaux visages apparaissent. Les témoignages ne peuvent pourtant tenir lieu de stratégie, ni remplacer le temps long de la réflexion et de l'action. Longtemps, les gouvernants ont hésité à agir, sachant que le changement n'apporte rien d'immédiatement visible, alors que la colère, elle, gronde ici et maintenant. Ce faisant, ils alimentaient un vote désespéré de contestation tous azimuts : briser ce monde pour en faire émerger un autre devenait le seul mantra. Quel monde ? Peu importait, on voulait juste autre chose, autrement.

Notre pays s'est toujours construit, à ses tournants importants, par des révolutions. Il est d'ailleurs symptomatique qu'Emmanuel Macron, lançant sa campagne, ait utilisé ce titre pour son ouvrage programmatique. Révolutions ou mondialisations, ce sont toujours des événements violents qui nous forcent à changer de paradigme. Mais nous ne savons pas toujours ce qui nous attend *après* : plus de justice, ou plus de terreur ?

Pourquoi ne pas rêver de révolution ? Les rêves importent; mais gardons-nous de nous laisser emporter par eux sur des terrains que nous n'aurions pas choisis. Demandons-nous toujours s'il n'est pas plus sage de faire évoluer notre société en partageant des réflexions, en retissant un lien de confiance et en assumant, tous ensemble, les effets du changement : s'ils doivent nous conduire à des jours difficiles, à des choix compliqués, chacun doit en prendre sa part, à commencer par ceux qui en souffriront le moins. Car on ne peut annoncer des restrictions de dépenses ou des hausses d'impôts à ceux qui parviennent tout juste à boucler leurs fins de mois, si l'on ne démontre pas en même temps que l'on est fermement résolu à faire participer toute la société, y compris celle qui vit bien, aux efforts de la nation.

Nul ne force un peuple à aller où il ne veut pas ; nul n'éduque un peuple comme un animal sauvage qu'on apprivoiserait pour mieux le remettre dans sa cage. L'aimer, c'est l'accompagner et le servir, le servir en l'accompagnant, donc le convaincre – rappelons-nous l'étymologie : *cum vincere*, vaincre *avec* le peuple, et non contre lui.

La crédibilité de la parole publique est ici en jeu. Convaincre, persuader, sont de vains mots si celui qui s'exprime est soupçonné de n'avoir aucune liberté de parole, d'être un porte-parole de l'« énarchie », le nouveau Satan, un suppôt du capital, des patrons, des riches, des entreprises ou des « lobbies ». Protéger la puissance de la parole publique, condition de la puissance publique elle-même, c'est aussi apprendre à discerner ce qui, pour une société, paraît ou non acceptable. Le principe d'indépendance s'accommode mal des liens multiples, notamment économiques, qui se construisent dans notre société. La crainte légitime de l'endogamie pousse à rejeter ceux qui, trop connectés, semblent suspects avant même d'avoir ouvert la bouche.

Ceux qui pouvaient rassurer, qui paraissaient légitimes par principe ou par mérite, jouant le rôle de ponts vertueux entre les élites financières et intellectuelles et le peuple dans toutes ses composantes, sont parfois considérés d'office comme des traîtres, aujourd'hui. On n'a plus confiance en l'énarque, on craint le technocrate, on soupçonne le maire, on méprise le député, on attaque le symbole. Cette impossibilité de communiquer d'un bord à l'autre de l'échiquier social déstructure, et donc remodèle la société en profondeur, alimente la peur de chacun, va jusqu'à interdire tout mouvement : le premier qui parle ne se fera-t-il pas couper la tête ?

Seule la possibilité de créer du Commun, des points de convergence, permettra de retrouver du lien social. Où cela doit-il se passer ? Grande question : autant en bas qu'en haut, et sans doute pas plus en haut qu'en bas. Dépassant la verticalité de l'offense ou de la parole concédée, il nous faut réapprendre l'horizontalité de l'échange et de la parole offerte. Le Grand Débat a constitué un premier pas dans cette voie de la reconnaissance mutuelle : *Je t'écoute, donc tu es. Nous parlons ensemble, donc nous faisons bien société*, au sens de Maurice Godelier. Parler ensemble, cependant, se construit dans le temps long du dialogue.

Certains ont critiqué les questions à choix fermé, les dispositifs théâtraux qui plaçaient les représentants de l'État sur une estrade ou au centre de la salle alors qu'ils devaient être *avec, ensemble et parmi* leurs concitoyens. Mais qui avait osé auparavant ce corps à corps, ce face à face et, en vérité, cet âme à âme ?

Certes, prêter un micro le temps d'une question posée ne peut suffire, car il faut admettre aussi que la réponse donnée ne satisfasse pas, prendre alors le temps d'écouter les contre-arguments, montrer le souci de l'autre jusque dans son droit à ne pas être d'accord. La reconnaissance du droit de chacun à la parole est un processus infini que nous devons apprendre à réinscrire dans le système institutionnel, comme nous le montre cette vaste aspiration à la démocratie directe d'une part croissante de la population.

Entendre constitue le premier pas. Cela impose que l'on prenne son temps, implique que l'on prenne soin de ce temps et de ce qu'il fait à ceux qui parlent, car il les transforme toujours. On ne devient pas impunément l'interlocuteur d'un autre, sauf à arriver en ayant fermement décidé de répéter des éléments de langage et de ne pas changer d'avis. Qui discute s'aperçoit presque toujours que la discussion le mène où il n'avait pas prévu d'aller. Sur ces voies de traverse, il faut apprendre à marcher. Le second pas est alors celui de la transmutation de la parole en action. Dans tous les livres religieux, la Thora, les Évangiles ou le Coran, que ce soit la Loi orale ou écrite, le « Au début était le verbe » ou *Ikra* de l'islam, nous retrouvons l'idée que la parole s'est faite action : *Dieu dit : Que la lumière soit, et la lumière fut*. Il importe plus que tout que cette parole transforme réellement la société afin d'être puissance, afin de faire acte de création, afin de devenir performative.

Douter pour avancer grâce aux autres, reconstruire la confiance en notre prochain qui n'est plus une menace, mais plutôt un éclaireur, admettre que l'on peut n'être pas d'accord et qu'il y a des dilemmes impossibles à trancher, puis agir en fonction du moindre mal ou du meilleur qu'on escompte sans pouvoir le garantir : ce processus, impossible dans un monde muré par les certitudes, ouvre de nouveaux possibles. Dans cette configuration, chacun peut solliciter la parole de celui qui ne pense pas comme lui, plutôt que le même qui nous cerne avec les algorithmes des réseaux sociaux. Le dialogue n'est pas un double monologue, mais bien une confrontation respectueuse. Découvrir le point de vue de l'autre me donne à redécouvrir ce que j'avais oublié de moi – ou, mieux, ce qui me fait devenir un nouveau moi. Peut-être même le véritable moi.

Conclusion

Une espérance pour chacun

Au cœur de toute nuit règne la peur.

Ou l'espérance.

Le roi David fait le choix de la prière, de la confiance et de l'espoir, lui qui dit (Psaumes CXIX, 62) : « Au milieu de la nuit, je me lève pour Te rendre grâces. »

De l'autre côté de toute nuit se situe un versant lumineux qui nous demeure invisible jusqu'à l'aurore. Ce n'est pas parce qu'il est *plongé dans le noir* qu'il n'existe pas. Cette outre-nuit, cet outre-noir auquel rend si souvent hommage Pierre Soulages, qui a bien voulu me faire l'honneur et le plaisir d'accepter que l'une de ses œuvres illumine la couverture de ce livre, figurent à la fois la permanence de l'espoir et la fulgurance de l'espérance. Jusque dans les abîmes, l'espoir dure. De toute épreuve dont nous resurgissons, l'espérance se fait le signe possible d'un autre avenir, qui nous reste à désirer, à imaginer, à susciter – par les paroles et par l'action, dans le partage et dans la confiance. L'obscurité s'approfondit toujours, non pour nous engloutir, mais pour nous faire traverser, serait-ce sur des barques fragiles, les angoisses du présent et les doutes de demain.

Leonard Cohen le chantait dans un de ses plus célèbres refrains, *Anthem* :

> Ring the bells that still can ring / Forget your perfect offering / There is a crack in everything / That's how the light gets in.
>
> *Sonnez les cloches qui peuvent encore sonner / Oubliez vos projets de perfection / Il y a une faille en chaque chose / C'est ainsi qu'entre la lumière*[1].

Il y a des coutures dans la matière du monde comme dans celle du peintre, c'est ainsi qu'entre la lumière. Il y a des reflets dans le noir, c'est ainsi qu'entre la lumière. Il y a du jeu dans l'Histoire, c'est ainsi qu'entre la lumière.

Retenons de Pierre Soulages une autre leçon : « Ma peinture est riche d'une foule de possibilités, dont une seule apparaît au moment où on la

1. Traduction de l'auteur.

regarde, selon la place où l'on se trouve », disait-il récemment dans un entretien pour France Culture. Le mystère d'une œuvre, et peut-être d'une vie, ne repose-t-il pas justement dans la réalisation de cette multiplicité de possibles, au-delà de toute négation, de tout renoncement, de toute l'indifférence terrible des âmes habituées ? Actualisons cette infinie richesse des possibles, en n'hésitant pas s'il le faut à *nous déplacer* pour faire apparaître ce qui se laissait pressentir ! C'est par ce mouvement même que nous donnerons toutes ses chances à la lumière, que nous lui permettrons de creuser dans le noir, d'y tracer des routes improbables, d'y ranimer les braises de la joie.

Dans notre situation collective, comme dans toute situation où il y a de la complexité, il faut que l'intelligence globale soit plus grande que la somme de celles de toutes les individualités. Le Grand Débat a obligé chacun à voir comment il pouvait transformer quelque chose de sa façon habituelle d'agir pour changer la société plus profondément. Et, en général, ces réflexions amenaient à construire des ponts entre des acteurs qui, jusqu'alors, agissaient seuls. Cela n'est plus possible, car il faut absolument coordonner les efforts de tous pour faire changer les choses.

Ainsi, par exemple, y a-t-il des synergies possibles pour répondre aux impératifs de développement économique local et d'engagement social et citoyen entre la SNCF et ses immenses réserves foncières, la Caisse des dépôts et consignations et ses financements, La Poste et son réseau. Si je prends cet exemple, c'est que ces trois institutions sont volontaires pour assumer leur rôle social, mais ne trouvent pas la bonne échelle pour s'engager totalement dans ces projets. Si je choisis ces trois entreprises, c'est que je connais leurs dirigeants, tous animés d'un réel sens de l'intérêt commun et, pourtant, soumis à des logiques d'isolement.

Il y a bien un processus de rapprochement capitalistique qui a débuté, puisque la Caisse des dépôts est au capital de La Poste, mais sans que cela donne beaucoup d'actions concrètes sur le terrain. Or, la SNCF possède des gares en centre-ville et dans toute la France rurale qui pourraient servir à refonder une présence réelle des services publics sur l'ensemble du territoire national. La Caisse des dépôts a la possibilité de faire construire des logements sociaux par ses propres opérateurs et des moyens de financement issus de projets privés ou de collectivités locales. La Poste compte, avec ses 300 000 postiers et son maillage de proximité, un atout exceptionnel pour reconstruire ses métiers et une présence auprès des anciens, des isolés et de tous les Français qui se sentent abandonnés par l'État. Or, si ces entités ont l'habitude de travailler en partenariat, elles ne le font que ponctuellement et sans un plan d'ensemble.

Il n'est pas possible de poser une solution univoque pour l'ensemble du pays. Dans la réalité, chaque ville, chaque département, chaque région doit trouver sa propre logique, sa propre dynamique et son propre équilibre. L'État doit encourager, permettre et coordonner ces rapprochements, tout en laissant les acteurs locaux proposer, innover et inventer une nouvelle façon de servir le pays qui permette de faire refluer le sentiment d'abandon caractérisant tous les territoires hors des grandes métropoles, de faire reculer le désespoir d'une classe sociale qui n'est plus vraiment moyenne depuis que le coût de l'automobile et celui du logement ont grevé son pouvoir d'achat.

Il est évident que nous n'avons pas su utiliser au profit de tous le potentiel de la nouvelle économie du partage, qui permet des modes de consommation plus sobres et moins coûteux. Cela se met en place, mais pour des groupes privés qui ont une logique avant tout de maximisation des profits. L'État devrait encourager, et même organiser, du « service par le public », où chacun peut apporter quelque chose aux autres et où une nouvelle forme de solidarité peut voir le jour en s'appuyant sur le numérique. De telles synergies permettraient de développer dans certaines zones des espaces commerciaux nouveaux, d'en faire le point de convergence des nouvelles mobilités comme l'autopartage et les bus régionaux, d'utiliser des espaces libres pour multiplier les lieux d'engagement et de rencontre associatifs et citoyens – une sorte de retour des maisons de la jeunesse et de la culture, ou des maisons des associations, où chacun pourrait partager une passion, une activité ou simplement un peu de temps.

Si des Français ont exprimé le besoin de se retrouver sur des ronds-points, il doit être possible de leur proposer des lieux encore plus adaptés pour se rencontrer. Dans les faits, La Poste a déjà beaucoup fait évoluer ses agences en modifiant la nature de ses missions, mais celles-ci ressemblent désormais plus à des banques, dotées par ailleurs de machines à délivrer des timbres, qu'à des lieux de convivialité. Or, les bureaux de poste pourraient devenir des espaces de partage où d'autres services publics, surtout en zone rurale, seraient ainsi présents sans avoir besoin d'implantation spécifique. Mais, en allant plus loin, il doit être possible d'utiliser les réserves foncières de la SNCF dans des zones où il n'y a pas de terrain disponible, en général dans les centres-villes, puisque les gares y sont souvent, et même d'y faire construire des logements par la Caisse des dépôts ! Et, d'ailleurs, n'est-il pas temps de regrouper dans une foncière publique toutes les emprises et tous les terrains publics valorisables en dépassant les résistances administratives ?

Mais, au-delà de la collaboration entre structures, il s'agit d'y insuffler une âme en aidant à mettre en place des « services par le public », comme la formation au numérique de ceux qui en sont éloignés, ou des instruments d'économie du partage et d'échanges non marchands, des outils de tutorat des jeunes en difficulté scolaire ou des réseaux locaux de solidarité comme *Ma résidence*, développée par Charles Berdugo, qui offre un partage de services et d'opinions sur des quartiers donnés, bâtissant une nouvelle façon d'être citoyen, d'être voisin.

En fait, ces projets devront être largement décentralisés, ouverts aux collectivités territoriales et à leurs représentants, et surtout avec une grande dose d'adaptation locale, car les besoins en logement sont différents dans les zones tendues et dans celles qui ne le sont pas. Ce sont justement cette adaptabilité, cette agilité et cette plasticité qui font défaut aux projets trop planifiés pour être réactifs face à des changements rapides. Fondamentalement, cela tient, à mon sens, à notre histoire. Pour des populations aussi différentes que le sont les Français du Nord et ceux du Sud, ceux des villes et ceux des campagnes, les Bretons et les Alsaciens, les Corses et les Savoyards, il n'y a aucune logique à coexister, si ce n'est par notre volonté de constituer une nation et par l'unicité de la loi. C'est bien la même règle qui gère ceux du Nord et ceux du Sud, ceux des villes et ceux des campagnes, les Bretons et les Alsaciens, les Corses et les Savoyards. Et c'est ce qui explique probablement notre pulsion jacobine à toutes les époques.

Mais cela crée une situation d'égalité théorique, car, à vouloir le même développement partout, on privilégie un modèle unique calqué sur la grande région parisienne et quelques métropoles en oubliant les réalités distinctes de notre territoire. Ce n'est pas la même ambition partout qui doit nous animer, c'est une ambition adaptée à chaque endroit du pays. Une ambition pour chacun. Un peu comme Abraham qui ne reçoit pas de l'Éternel une promesse univoque, mais la promesse d'une promesse. En effet, Dieu ne lui propose pas d'aller vers un lieu précis, mais vers un endroit en mouvement. « Va pour toi, de ton pays, de ton lieu de naissance, et de la maison de ton père, vers la terre que je t'indiquerai » (Genèse XII, 1). Il y aura toujours pour lui une ambition adaptée à chaque réalité de sa vie et de celle de ses descendants.

Si je me réfère à des textes, et en particulier à ceux de la Bible, c'est qu'il est rassurant de se dire que l'invariant de l'humanité, celui que l'on retrouve dans la Bible, fait écho à nos réalités, à nos peurs et à nos doutes, à nos espoirs et à nos rêves. Suivre ou, tout au moins, entendre ces principes éternels et ces textes n'est pas de l'immobilisme ou du conservatisme, mais, au contraire, un appel au mouvement et à l'écoute du monde, celui d'aujourd'hui à travers ses vérités de toujours.

Ainsi, en reprenant cette théorie de l'adaptation de la promesse au niveau local, nous devrions être capables de produire des plans de développement sur mesure et de lutter contre un grand travers de notre société qui consiste à confondre uniformité et unité. Même si ces deux notions semblent assez proches, elles sont absolument opposées. Lorsque les hommes décident de bâtir une tour à Babel afin de monter au ciel pour s'opposer à Dieu, la Bible précise (Genèse XI, 1) : « Toute la terre parlait une seule langue et les mêmes paroles. » Non seulement toute l'humanité utilisait la même langue, mais, de plus, elle avait la même façon de l'employer, les mêmes raisonnements, les mêmes avis et opinions – nous dirions aujourd'hui qu'elle déployait une pensée unique. Et lorsque Dieu mélange les langues et disperse cette humanité à la surface de la terre, ce n'est pas la sanction d'un Dieu vengeur, furieux que les hommes veuillent Lui faire la guerre en Son domaine des cieux, c'est une extraordinaire leçon pour nous.

Car, si l'objectif des hommes était mauvais, au moins étaient-ils rassemblés. Nous pouvons déduire de cette sanction – tout de même plus légère que la destruction de l'humanité à l'époque du Déluge – que Dieu préfère que nous soyons… unis, même si c'est contre Lui, que désunis en Son Nom : cela devrait faire réfléchir tous ceux qui s'arrogent le droit de violence au nom de l'Éternel. Plus exactement, ce que fait Dieu avec cette génération de la tour de Babel, c'est lui apprendre à produire de l'unité, c'est-à-dire à conjuguer des différences de langue et de lieu pour former une humanité cohérente grâce à ses complémentarités – unie, oui, mais pas dans cette uniformité qui vaut identité ou conformité. Penser de la même façon serait le pire piège, celui par lequel on empêche tout un chacun d'apporter à l'édifice de la pensée ce qu'il a de particulier, d'unique, de non reproductible et donc non copiable, de plus singulier.

À tous les niveaux, nous devons combattre en nous la pulsion mortifère d'uniformisation. Pour revenir à mon exemple entrepreneurial, la situation à Romilly-sur-Seine, dans l'Aube, n'est pas la même qu'aux Sables-d'Olonne, en Vendée, elle-même radicalement différente de celle de Paris ou de Saint-Denis, en Seine-Saint-Denis ou à la Réunion : à vouloir répondre de façon uniforme, on en vient à nier chaque vérité et l'unicité de chaque situation, avec ses forces et ses faiblesses. La singularité de nos réponses et de nos approches politiques est la seule chance que nous ayons de rester fidèles à la diversité du réel.

Dans la construction de ce rêve républicain toujours en devenir, nous retrouvons l'élan premier de la reconnaissance de chacun et de chacune, le refus de l'uniformisation sous prétexte d'unité. Pour exprimer cette diversité et lui donner une réalité tangible, il faut trouver un équilibre entre la démocratie représentative, qui fixe un cap et offre une incarnation temporaire du pouvoir, et la démocratie participative, grâce à laquelle chacun peut continuellement peser sur son destin en réfléchissant, en proposant et en agissant directement.

Un député élu en 2017 m'expliquait combien lui avait manqué une formation à la fabrication des lois, au fonctionnement de l'État, à son futur métier. La conséquence immédiate en fut que la « maison » Assemblée nationale lui imposa le même mode de fonctionnement que par le passé, et que, malgré toute sa volonté et celle de ses collègues, rien ne changea.

C'est contre ce mur des habitudes que nous devons lutter afin d'oser imaginer, inventer un autre possible.

Ainsi, dans ce qui est probablement le défi des temps à venir, celui de l'intégration des populations étrangères ou d'origine étrangère, là où nous avons tant échoué, il nous faut inventer d'autres solutions que ce que nous avons tenté depuis maintenant plus de quarante ans.

Si nous sommes percutés par les images de migrants arrivant à nos frontières, d'étrangers à Calais, de morts en Méditerranée, notre mer, nous devons penser le long terme, et cela passe par l'intégration de ces populations qui s'installent en France et qui doivent trouver dans notre rêve collectif une part qu'ils peuvent y apporter. Le tout n'est pas de gérer des entrants et des sortants, même s'il faut le faire, mais de proposer un projet et un destin qui soient communs.

Je suis en effet persuadé qu'un étranger s'insère dans la société, non pas lorsqu'il se trouve bien chez nous – ce qui n'est pas si compliqué quand nous considérons objectivement la France –, mais lorsqu'il peut ajouter sa pierre à notre édifice, à notre histoire, à notre utopie.

En fait, si l'assimilation oblige à oblitérer une part de soi afin de se fondre dans un moule, l'intégration, que le judaïsme a toujours préférée, implique le respect total des coutumes et traditions locales qui laissent – et c'est leur grandeur – s'exprimer les particularités de chacun, à la seule condition que cela ne fracasse pas le modèle collectif, l'habitus du pays. C'est une intégration qui ne sombre pas dans un multiculturalisme qui n'est conforme ni à notre histoire ni à notre génie propre. Nous avons un équilibre à trouver entre ces deux échecs que seraient la négation des différences et l'ultra-différenciation, ni l'une ni l'autre ne permettant de faire société. Tout le génie de notre système français, laïc et ouvert, consiste justement à ne jamais forcer quiconque à abdiquer une part de lui pour être plus français, à trouver un chemin de crête fait d'unité et de diversité.

Mais, dans la réalité quotidienne, il nous faut mesurer la distance immense entre ces lumineux idéaux et les dérives, les incompréhensions et les attaques de part et d'autre. L'exemple le plus confus est celui, dont nous avons parlé, des mères qui portent un foulard et qui veulent accompagner les enfants en sortie scolaire, et que certains voudraient forcer à se découvrir la tête. Il se trouve que, sans elles, il ne peut y avoir de sortie ! Cela devrait faire réfléchir et pousser à un équilibre, car, justement, l'intégration se fonde sur l'intelligence partagée. Sans renoncement sur ce que la République nous offre comme perspectives et comme règles, mais avec comme base absolue le respect de ce qu'est notre société, avec ses traditions et ses habitudes, qui sont assez fortes et solides pour s'ouvrir à d'autres façons de faire, tant que chacun se reconnaît comme français dans ce qu'il vit.

Et c'est là que nous avons sans doute péché, en n'imposant pas certaines choses. Ainsi, tant de parents étrangers n'ont pas fait l'effort d'acquérir une maîtrise correcte du français et désavantagent ce faisant leurs enfants à l'école comme dans la vie sociale. Mais nous n'avons pas assez insisté sur ce que nous aurions dû rendre obligatoire, car ces efforts sont avant tout la marque de la volonté d'intégration ; or nous avons tendance à harmoniser ce que nous croyons à ce que nous faisons. C'est l'un des credo du judaïsme qui privilégie l'acte par rapport au sens, car ce dernier suit toujours le premier. Et, donc, cette volonté d'intégration aurait été plus manifeste si elle avait été portée par un apprentissage réel de notre langue.

Ce n'est que très récemment que les cérémonies de naturalisation ont été organisées avec le faste et la solennité qui marquent l'importance de ce moment dans la vie de nos nouveaux concitoyens. Beaucoup m'ont raconté comment les mots du préfet en cet instant du sacré républicain, cet instant où ils entraient dans notre nation et notre histoire, ont pu les marquer. Il nous faut donc redonner du sens à tout ce qui fait l'État, et qui n'est pas simplement administratif, mais bien plus : spirituel. Oui, spirituel, car c'est par l'esprit avant tout que nous faisons nation.

Nous devons avoir le courage de dire que nous savons accueillir des personnes qui fuient un pays, des violences et des haines, mais que nous refusons de voir importés chez nous les comportements qui précisément ont causé ces catastrophes humaines. Et si nous sommes en droit de demander cela, c'est que les migrants font le choix douloureux de quitter leur pays, un choix qui renvoie à l'épreuve d'Abraham de quitter « son pays, son lieu de naissance et la maison de son père », mais c'est un choix personnel qui dit, en creux, les manques du système que l'on quitte. Et plus encore lorsque les pays d'origine sont si éloignés culturellement de notre société.

Avec tous ses défauts, notre pays a pourtant fait rêver ces femmes et ces hommes, ces bannis de leur terre qui sont prêts à braver les pires difficultés pour partager notre destin. La France dispose de ressources que nous ne savons plus voir ou, pis, que nous sabotons par nos dissensions, nos guerres intestines, nos postures de consommateurs plutôt que de bâtisseurs de notre réussite. Et quand bien même nous démontrerions à nos concitoyens que les données du pays sont bonnes, nous n'arriverions pas à les en convaincre, parce que nous ne voulons pas croire que notre destin est accessible. C'est ce qui advint aux Hébreux, qui refusèrent d'entrer en Terre sainte et errèrent quarante ans dans le désert, car ils ne croyaient pas en eux et ne parvenaient pas à surmonter leurs divisions. C'est ce qui arriva en Égypte, où, selon Rachi, le célèbre maître champenois, seulement 20 % des Hébreux sortirent de ce pays, car les 80 % restants n'eurent ni foi en Dieu, ni confiance en Moïse, ni conscience de leur destin.

Ils disparurent de l'Histoire.

*

Récemment, j'ai eu une sorte d'illumination en empruntant la voiture d'un de mes amis. De l'aéroport de Montpellier, je devais me rendre un peu plus loin ; il m'apporta sa Lexus de luxe, très bien équipée, à l'aéroport, et rentra avec un ami. Je m'assis, réussis à mettre le moteur en marche, mais la voiture automatique ne démarrait pas, car le frein à main était engagé et je ne le trouvais pas. J'essayai avec mes mains, mais rien d'ergonomique ne se présentait sous elles. J'essayai avec mes pieds, car mon ancienne voiture avait un frein à main au pied, mais sans succès. Mon ami, voyant que je ne bougeais pas, revint et me montra comment desserrer le frein à main : il était à pied, ce qui est contre-intuitif, et il fallait le chercher avec le pied gauche dans une anfractuosité de l'habitacle. Je le desserrai et pus enfin démarrer, profitant de toute la technologie de la superbe voiture.

Nous sommes en France, un pays doté de toutes les qualités, mais il y a un frein à main que nous ne réussissons pas à desserrer. Rien d'intuitif ne fonctionne et toutes les aptitudes de notre pays semblent s'évanouir puisque nous ne pouvons pas démarrer. Il faut accepter de faire des choix parfois contre-intuitifs pour pouvoir enfin nous lancer et bénéficier de toutes les potentialités extraordinaires de notre pays.

L'essentiel reste de toujours forger une espérance, car si nous expliquons qu'il n'y a pas de solution, alors personne n'acceptera plus ni sacrifices ni efforts, ni partage ni redistribution. Et peut-être plus que le manque d'espoir, c'est le désespoir qui nous accable lorsque personne ne semble comprendre la situation que nous vivons, plus lourde mois après mois sans qu'un horizon jamais se profile. Pour prendre la mesure de chaque situation et de sa singularité, il faut se trouver au plus près de chaque citoyen sans céder à la tentation de les englober dans de fallacieuses typologies et de les ranger par catégories, ce qui revient à nier la multiplicité des unicités, la puissance des nuanciers. L'obsession de tout chiffrer rejoint celle de l'anonymisation déshumanisante qui interdit de raconter une histoire distincte pour chaque cas, et donc d'apporter des solutions adaptées à chaque cas.

Bien entendu, il est important de disposer de « tableaux de bord », de surveiller les « grandes tendances », de porter attention aux équilibres financiers – mais sans jamais oublier qu'ils sont des outils au service de l'humain qui pilote, et non des substituts au pilotage lui-même. L'enjeu de la péréquation, c'est-à-dire de la redistribution des moyens entre tous les territoires du pays, est à cet égard majeur, puisqu'il détermine la possibilité de retrouver confiance et espérance en un État qui, certes, ne peut pas *tout*, mais peut encore *beaucoup*.

N'abdiquons jamais l'unité en la confondant avec l'uniformité. Lorsque nous ne pensons la France que depuis Paris, nous oublions l'extraordinaire diversité de notre pays. La décentralisation de 1982 a engagé un grand mouvement positif, sans aller au bout de la logique de proximité, comme si l'État avait peur de se dessaisir de son pouvoir régalien, de confier à ceux qui savent ce qui est bon pour eux le pouvoir de mettre en œuvre leurs décisions. Oserais-je revenir à mon texte des explorateurs de la Bible, rappeler que le choix du désert était fait pour ne pas perdre son pouvoir ? Ne parle-t-on pas parfois de « désert français » en dehors de Paris ? Il y a une violence incroyable, l'un des ferments du mouvement des Gilets jaunes, à ne pas comprendre que ce qu'offre notre société est souvent réservé aux citadins les plus aisés. Que veut l'État lorsqu'il investit ? Sait-on encore répondre à cette question ? S'agit-il seulement pour lui de s'agiter en saupoudrant quelques subventions, pour se donner bonne conscience en laissant quelque trace de sa présence ? Ou bien de réinventer l'unité en s'en donnant les moyens ?

Le grand malentendu, qui consiste à ne pas comprendre la différence entre unité et uniformité, est peut-être la conséquence d'une mauvaise lecture de notre Constitution, qui parle d'une France « une et indivisible » : cela veut dire qu'elle ne peut pas être amputée et qu'elle doit être unie, et non pas qu'elle doit être traitée de manière parfaitement uniforme et homogène, comme si les différences en son sein devaient être ignorées ou niées. Constater les écarts et mesurer les besoins, d'un territoire à l'autre, d'une population à l'autre, ne revient pas à récuser l'unicité de la France. Bien au contraire, c'est le seul moyen de raviver ce rêve d'unité qui passe par la prise en considération de l'autre comme soi-même. La reconnaissance de nos différences n'est jamais que le préalable à la reconstruction permanente de notre commune volonté de vivre ensemble, œuvrant en ce sens encore et toujours pour une France « une et indivisible », d'autant plus indivisible qu'elle aura conscience de la richesse et de la singularité de toutes les individualités qui la composent.

C'est Bernard-Henri Lévy qui nous invite avec finesse à comparer les figures de la chouette et de la biche. Hegel constatait que la philosophie vient souvent trop tard, comme l'affirme la célèbre formule : « Ce n'est qu'au début du crépuscule que la chouette de Minerve prend son envol. » En contrepoint, Bernard-Henri Lévy invoque la possibilité pour la chouette d'apprendre à voler de jour, plus tôt, quand il est encore temps d'affronter le monde en sa lumière… et d'agir sur lui. Sinon, nous dit-il, ne vaudrait-il pas mieux faire le choix de la biche du psaume 22 – « biche de l'aurore » ? En tête même du texte qui abrite le plus fameux des cris de désespoir (« Mon Dieu, mon Dieu, pourquoi m'as-tu abandonné ? »), surgit en effet la figure fragile et lumineuse de la biche qui nous rappelle que nous ne sommes jamais tenus d'abdiquer avec la chouette, fût-elle de Minerve. On oublie au demeurant que le même psaume, *ayélèt hacha'har*, finit par une évocation de la génération future, de la justice et du « peuple nouveau-né » : au défaitisme étroitement logicien des chouettes nocturnes, il nous appartiendra toujours d'opposer, pour le surmonter, la poésie de l'espérance et les biches de l'aurore.

C'est cette manière d'envisager de partager l'espérance qui s'appelle la République. Ce rêve n'est jamais terminé. Il est toujours, comme pour Abraham, la promesse d'une promesse, un horizon qui nous précède, qui nous éclaire et qui nous guide. Victor Hugo l'écrit si justement, à propos de la Révolution, mère de la République, dans *Actes et Paroles* :

> Aucun fait humain n'a eu de plus magnifiques narrateurs, et pourtant cette histoire sera toujours offerte aux historiens comme à faire.
>
> Pourquoi ? Parce que toutes les histoires sont l'histoire du passé, et que, répétons-le, l'histoire de la Révolution est l'histoire de l'avenir. La Révolution a conquis en avant, elle a découvert et annoncé le grand Chanaan de l'humanité, il y a dans ce qu'elle nous a apporté encore plus de terre promise que de terrain gagné, et à mesure qu'une de ces conquêtes faites d'avance entrera dans le domaine humain, à mesure qu'une de ces promesses se réalisera, un nouvel aspect de la Révolution se révélera, et son histoire sera renouvelée. Les histoires actuelles

> n'en seront pas moins définitives, chacune à son point de vue, les historiens contemporains domineront même l'historien futur, comme Moïse domine Cuvier, mais leurs travaux se mettront en perspective et feront partie de l'ensemble complet. Quand cet ensemble sera-t-il complet ? Quand le phénomène sera terminé, c'est-à-dire quand la révolution de France sera devenue, comme nous l'avons indiqué dans les premières pages de cet écrit, d'abord révolution d'Europe, puis révolution de l'homme ; quand l'utopie se sera consolidée en progrès, quand l'ébauche aura abouti au chef-d'œuvre ; quand à la coalition fratricide des rois aura succédé la fédération fraternelle des peuples, et à la guerre contre tous, la paix pour tous.
>
> Impossible, à moins d'y ajouter le rêve, de compléter dès aujourd'hui ce qui ne se complétera que demain, et d'achever l'histoire d'un fait inachevé, surtout quand ce fait contient une telle végétation d'événements futurs. Entre l'histoire et l'historien la disproportion est trop grande[1].

J'aime chez Hugo cette idée du rêve qui vient nous forcer à nous élever, à sortir de notre condition pour atteindre une exigence qui dépasse nos besoins primaires, déjà si importants, pour nous

1. Dans *Œuvres complètes. Actes et Paroles*, I, *Avant l'exil (1841-1851)*, Hetzel et Quantin, 1882, p. 42-43.

inviter à partager quelque chose qui relève de l'espérance pour tous. Non pas la même espérance pour tous, mais *une espérance pour chacun*.

Table

Cet ouvrage a été imprimé en France par
CPI Bussière
Z.I. rue Pelletier Doisy
18200 Saint-Amand-Montrond (France)

pour le compte des Éditions Fayard
en décembre 2020

Photocomposition Belle Page

Dépôt légal : mars 2020
N° d'édition : 79-5527-5/07 - N° d'impression : 2055341